本书的出版得到了
北京东宇全球化人才发展基金会的支持

那三届

王辉耀　苗　绿◎编

人民出版社

目　录

CONTENTS

序

2018年，中国迎来了改革开放40周年。对国家来说，这40年可谓惊天巨变：我国经济总量从1978年占全球的1.8%增长到15.3%，人均GDP从1978年的155美元上升到近9000美元，外汇储备从1978年的1.67亿美元增长到3.14万亿美元，进出口总额从1978年的206亿美元增长到41045亿美元，中国企业进入世界500强从0家变成115家……改革开放书写了中华民族伟大复兴的不朽诗篇，开辟了中国特色社会主义现代化建设的伟大征程。

如果把改革开放看成是一部史诗般气势恢弘的歌剧，那么1977年恢复高考无疑拉开了这部歌剧的序幕。1977年冬天，中国关闭了11年的高考闸门终于再次开启。570万名出身不同、年龄悬殊、身份迥异的考生，从工厂车间、田间地头、军营哨所如过江之鲫般地涌向考场。这是共和国历史上唯一的一次冬季高考。这年的高考，积聚了太多的期望：这是一个民族对知识的渴求，是一个国家的时代拐点。恢复高考在思想、理论与实践上吹响了改革开放的号角，为改革开放奠定了雄厚的人才基础，成为中国得以迅速走向复兴和

兴旺的根本。

77、78、79级大学生，正是恢复高考后的前三届大学生。作为1977级大学生，那三届毕业生中的一员，我以为，历史上鲜有哪个群体，像那三届一样，个体经验与国家时代命运如此高度重合；也鲜有哪个群体，能有机会如此深刻地影响一个国家，集体重塑社会的重要方面。如果说高考恢复是一个起点，那么真正决定77、78、79级中许多人成为未来40年中国社会中坚力量的原因，则是特殊人生阅历所锻造的这一代人整体的思想格局。

那是一种落入底层社会、过早承受人生苦难、洞悉人情世故、强烈渴求改变身份现状的人生阅历所锻造出来的能屈能伸、坚忍奋斗的精神。“上山下乡”的磨砺让那三届大学生对中国社会底层有了最真实的体验，在学校课堂之外接受了真正意义上的通识教育。这使他们不仅学会了基本的生活技能，更学会了脚踏实地，实事求是；他们笃信“天将降大任于斯人也”，艰苦的劳动与生活培养了他们坚韧的意志，也使他们在摸爬滚打中形成了独特的韧性，让他们可以乐观直面日后生活与事业的挫折与困境；在没有师长监督的环境下，他们学会了珍惜光阴，强学力行。当国家赋予他们重新设计人生机会的时候，他们深知“人生能有几回搏”，在历经最激烈的高考竞争后脱颖而出。

那是一种个体发展与国家命运高度重合，承载着国家与民族的使命与希望的人生阅历所锻造出来的鲜明的家国情怀、“以天下为己任”的抱负、强烈的历史使命感与社会责任感。他们是续接中国历史文化血脉的“教育节点”，是国家“百废待兴、百事待举”的人才支撑，是中华民族整装待发、再创辉煌的“历史基点”。从踏入大学那一刻起，他们带着来自社会的现实感，争分夺秒，“焚膏油以继晷，恒兀兀以穷年”，拼命夺回“失去的十年”。他们自觉将个人发展与国家命运紧密相连，“振兴中华”“从我做起，从现在做起”……他们如饥似渴地吸收各种思潮观点，成为旧秩序的改革者和新思想的传播者。

他们走出校门之日，正是中国改革开放扬帆起航之时，他们的人生轨迹与改革开放融为一体，他们时刻感知着中国走向世界的脉搏，成为改革开放的见证者、亲历者、推动者与捍卫者。他们用青春芳华和聪明才智书写出改革开放的伟大篇章，成为中国崛起的中坚力量。根据我们对近600位“那三届”精英的调研发现，他们分布于政商学的各个领域，大多成为各行各业的中流砥柱，他们中的33%成为高校与科研院所领导，29%成为政府官员，15%成为大学教授，14%成为企业家。我们看到：跨入政界的他们，很多人成为各级党政机关的重要智囊人才，在设计和推动改革开放中出谋划策；也有很多人担任了各级基层的领导职务，以开拓进取的精神实际推动着中国社会的进步；跨入商界的他们，成长为中国最有影响力的一批投资人与企业家。40年来，他们在第一线参与和见证了改革开放的风雨历程，参与和见证了中国市场经济从无到有的建立过程。他们是现代企业制度的试水者，是资本市场的拓荒人。从政府到民间到国际商业舞台，他们摸爬滚打，在中国企业史上扮演着“开路架桥”的角色；跨入学界尤其是社会科学界的他们，着力进行着更加深入的中国国情与进步的研究，并从经济与政治体制上深入反思与设计中国的制度框架……

40年前，时代将“那三届”推上历史舞台，他们承载着过去的光荣与未来的梦想，推动着中国的改革进程。40年后，他们的个人经历已经沉淀为这个时代永恒的财富。倾听他们的声音、回顾他们的历程，对于传承改革开放的精神，继续推动改革开放，具有重要的历史与现实意义。自2012年起，全球化智库（CCG）先后推出了《那三届》系列的两本图书:《那三届1——77、78、79级大学生的中国记忆》《那三届2——77、78、79级，改革开放的一代人》。图书的出版在社会上产生了强烈的反响，受到读者的热捧，并被新浪、搜狐、网易、中新、中国青年网等多家媒体报道转载。在当当、卓越等网上书店，热心的读者们留下了关于这两本书的上千条好评。

2017年6月17日，全球化智库（CCG）在北京举办了“纪念恢复高考40周年暨77、78级毕业35周年研讨会”，全国政协副主席、九三学社中央委员会常务副主席邵鸿，全国政协副秘书长、中国民主促进会中央委员会副主席朱永新，中央文史研究馆馆员、北京大学中文系教授陈平原，美国国际华人科技工商协会主席李大西，华东师范大学党委书记、哲学系教授童世骏，中国发展研究基金会副理事长、秘书长卢迈，北京交通大学校长宁滨，清华大学原经济管理学院院长钱颖一，国务院参事陈全生，国家教育咨询委员会秘书长张力，中国科学院虚拟经济与数据科学研究中心主任、国务院参事石勇，中国政法大学研究生院院长李曙光，中组部人才局原副巡视员胡建华，友成企业家扶贫基金会常务副理事长、国务院参事汤敏，赛富亚洲投资基金、创始管理合伙人阎焱，清华大学人文学院历史系教授秦晖，诗人、中国人民大学文学院教授王家新，真格基金创始人徐小平，中房集团理事长、汇力基金董事孟晓苏，香港富华国际集团总裁赵勇，中国银河证券首席总裁顾问、湖北银行独立董事左小蕾，中国电信北京研究院总工程师毕奇等几十位77、78、79级代表人物齐聚一堂，追忆往昔岁月，回首亲身参与改革变迁的历程，展望未来继续改革开放的宏图，为中国在全球化时代发展提供改革开放亲历者的智慧和建言献策。在改革开放迎来40周年这个承前启后、继往开来的关键历史节点，CCG在人民出版社推出《那三届》丛书系列的第三本，这本图书汇集了知名学者、官员、企业家、作家、律师等近四十位那三届优秀代表的如歌往事、励志故事、思考与梦想。他们追忆逝水年华，回首亲身参与的40年中国改革开放的变迁，总结人生发展的经验和体会，前瞻中国在全球化时代的路径与方向，为改革开放下一个40年贡献智慧。

“2018年，我们将迎来改革开放40周年。改革开放是当代中国发展进步的必由之路，是实现中国梦的必由之路。我们要以庆祝改革开放40周年为契机，逢山开路，遇水架桥，将改革进行到底。”① 40年后的今天，继续改革开放的中国正全方位地迈向国际经济、科技、文化生活的核心舞台，正处于中国近代史上最重要的创新发展战略机遇期。我们期待《那三届》系列丛书不仅仅是追忆无数鲜活和精彩的个体生命体验，更是探究其所承载的精神内涵和时代意义。我们

① 《国家主席习近平发表二〇一八年新年贺词》，新华网，2017年12月31日。

将继续用负责任的态度和切实的努力，将这一特殊群体的思想精华沉淀在文字中，努力使之成为中国未来思想、文化、科技、教育、社会发展的庄重起点。

王辉耀博士　全球化智库（CCG）理事长
苗　绿博士　全球化智库（CCG）秘书长
2018 年 5 月于北京

那三届

陈平原

广东潮州人，1982 年于中山大学获文学学士学位，1984 年于中山大学获文学硕士学位，1987 年于北京大学获文学博士学位。现为北京大学博雅讲席教授（2008—2012 年任北大中文系主任）、教育部“长江学者”特聘教授、中央文史研究馆馆员、国务院学位委员会中国语言文学学科评议组成员。先后出版《中国小说叙事模式的转变》《中国现代学术之建立》《触摸历史与进入五四》《大学何为》《作为学科的文学史》等著作三十余种。

//

说出你我的故事

这些年，在不同场合听到后辈们对 77、78 级大学生的评价，有说了不起，有说很一般，也有说大失所望的。所处位置不同，衡量标尺各异，加上说话人往往有自家的关怀，故作不得准。

贡献大小其实很难说，但我们绝对是“有故事的一代”。比起此前此后的大学生，我们大都有独特的经历与感受：单是那个充满戏剧性的恢复高考，以及同学年龄相差一半，还有课程设置随风转向，就能把后生小子侃得晕头转向。更不要说躬逢时代变化、社会转型，40 年风雨兼程，我们留下了多少可歌可泣、可气可恨、可悲可悯的故事。

当下的普通民众以及后世的历史学家，肯定会对我们的故事感兴趣的。与其让那些不太知情的好事者胡乱编造，吹到天上或踩在脚下，还不如以口述或文章的形式，自己给自己勾几笔，留一幅几分神似的画像。

40 年前，因为特殊的机缘，你我陆续走进关闭了 11 年的考场。我们都承认，那是国家政策调整的结果，单靠个人努力，绝难闯过对我们来说这辈子最为艰难的关卡。闯过去了，海阔天空。但若没有这个机会，那将是完全不同的另一种命运。正因此，我多次提及，77、78 级大学生是邓小平改革开放路线的坚定拥护者。除了政治判断，还有切身感受，我们知道那时中国的状态，以及突围的可能性，不会被各种花里胡哨的论述所迷惑。

还记得 1977 年 10 月 21 日《人民日报》的头版头条是《高等学校招生进行重大改革》，自此，你我的命运发生突变。12 月，天很冷，我们走进了考场；第二年 2 月，花未开，我们步入了大学校园。一切似乎顺理成章，但又像在梦中神游。我曾为北大版《永远的 1977》写序，提醒记得那些跟我们一起走进考场而不幸落第者，他们在日后的社会转型中，需要付出更大的努力与代价。77 级录取 27.3 万人，考生有 570 万；78 级录取 40.2 万人，考生则有 610 万。

不管怎么说，我们都是幸运儿。不难设想，高考制度再晚几年恢复，我们中很多人就没有这个机会了。上大学得益于政策改变，找工作又何尝不是如此？赶上了干部年轻化大潮，很多同学“小荷才露尖尖角”，立马受到重用。看看今天无数学士、硕士、博士找工作的焦虑以及入职后的拼搏，我们这代大学生是何等的幸运！

除了是“有故事”的“幸运儿”，我们曾经很努力、能合群、师生融洽、不太世故，而且还是中国改革开放历史的见证人。自己给自己戴那么多帽子，好玩吗？是的，好玩，且听我逐一分解。

你我同学中，大多有“上山下乡”的经历，劳动不忘读书，这才能够在国家政策改变的瞬间，抓住这很可能是最后的机会，闯进那道刚刚重新开启的狭窄的大学之门。在这个意义上，你我即便不算很聪明，起码也不笨，而且好学。只是受大环境制约，我们当年的学识实在低得可怜—— 英文是从 ABC 学起，这让“见多识广”的儿孙辈笑破了肚皮。很多人没上过中学，直接从“文化大革命”前的小学跳到了“文化大革命”后的大学。不说学历不完整，即便混了张文凭的，也未必认真读书——那是我们这代人很难避开的遗憾与悲情。

但可以骄傲地说，77、78 级大学生很有韧性，就像一棵树，被强力扭曲了好多次，居然还能弹回来，挺直腰杆，活得还有模有样，这实在不简单。在如此低的地方起步，凭借师长指导与自家努力，四年苦读，获得的不仅是具体的学识，更重要的是“学习”的能力，这才可能毕业后不断自我调整，紧赶慢赶，在到站下车前，多少作出点成绩。

走出插队的山村，洗净泥腿，步入窗明几净的大学教室，说实话主要得益于国家政策调整。但进入学校后，迎接的每一缕晨光以及毕业后迈出的每一个脚步，却都是我们自己完成的。因自觉前途一片光明，心无旁骛读书，四年间稳坐教室、图书馆与实验室。当初只道是平常，日后阅历渐多，方才明白这种宁静安谧的心境，放在中国历史上，其实是很奢侈的。

乍暖还寒时节，有很多不如意的事情，可我们校园生活的丰富多彩，一点不比今天的学弟学妹们差。后人或许会嘲笑我们多少延续了“文化大革命”时期的思维惯性，志气高而学问少，机遇好而能力小，有点辜负了当初入学时社会寄予的巨大希望。可我们确实努力过，不敢说始终引领风骚，但多年自我调整，大致跟得上时代的步伐，掉队的并不多——哪一代人都是良莠不齐，我们起码成才率高。

比起此前此后的大学生，我们最不像一代人——坐在同一个教室，小的十五六，大的三十几。可实际上，我们最合群，且有强烈的“代”的感觉。在大学里教书，深知学生们喜欢划代，几年便是一茬。都说是隔代，其实差别没那么大。哪像我们，因特殊的机缘走到一起，即便立场、学问及趣味差别很大，也都能互相容忍。一个宿舍六七人，当然会有隔阂与吵闹，但没听说拍砖打架的，更未闻“谢同学不杀之恩”那样的冷笑话。

在校时格外珍惜难得的读书机会，且紧紧抓住青春的尾巴，荡了好几回秋千；毕业后更是彼此挂念，方便时还互相照应。不能说没有矛盾，但那时的大学校园，比现在安静多了，基本上各自读书。最多评个三好生或选个班干部，没多少油水，并不是非争不可的。哪像今天，同学之间竞争几乎白热化，分毫不让，寸土必争，因牵涉那么多真金白银，以及留学或推免（推荐免试就读研究生）名额。“重奖之下”，确实“必有勇夫”；可众多勇夫之间，如何友好相处，是个难题。或许正因为我们当初竞争不激烈，没听说告黑状、布陷阱、打小报告之类的丑闻，才留下彼此都是谦谦君子的好印象。

同学相处友好，师生关系更是融洽。多年后回母校，常被老师们表扬：教了这么多年书，就数你们77、78级最好。这里的“好”，如果指学习态度，那我承认；如果说水平，则不见得。为了撰写《那些失落在康乐园的记忆》（2012），我曾调阅当年的课程表，翻看当初的课堂笔记，结论是“很不理想”。关键是刚从噩梦中醒来，师生都心情舒畅，彼此互相体谅，也互相欣赏。这种其乐融融的校园生活，只有抗战中的西南联大等可比拟。

1948年，冯友兰撰写《回念朱佩弦先生与闻一多先生》，谈及西南联大时期“中国的大学教育，有了最高底表现”；关键就在于“教授学生，真是打成一片……那一段的生活，是又严肃，又快活”。我们也一样，毕业多年，谈及当年的师长，无不心怀感激。其实，怀念的何止是师长，更是自己的青春岁月。我相信师长们也一样，当他们表扬77、78级大学生时，也是在重温改革开放初期那段“又严肃，又快活”的日子。

77、78级同学，能力有大小，运气有好坏，位置也有高低，但很奇怪，似乎都不太世故。这是我多年观察的结果，超越地区及院系的限制。只要是77、78级大学生，即便素不相识，聊上几句就能接得上，而且，改革开放初期那种激情、乐观且带有几分幼稚天真的特殊气质还在。这当然只是直觉，说出来，请大家猜猜，到底是为什么。估计很多人会质疑，你们不是下过乡吗？应该很深沉、很复杂、很有机心才对，怎么会天真、肤浅、清纯呢？可我见到老同学，最大的感慨还是，历经多年官场、商圈、学界、文坛的磨砺，彼此都还保留几分“少年意气”，这其实很难得。言谈举止间，很容易让你我读出那段早就消逝的青春岁月。

或许应该这么解释，我们进大学时，大都已有一定的社会阅历，性格也基本定型。此前缺乏正规教育的遗憾——也就是自由阅读、野蛮生长，反而使得我们虽也接受时代的洗礼，但不会被规训成一张熨帖的纸片，总是在一些凹凸或皱褶处，存留若干自己的风格。这个特点，处在上升管道时不太明显（因需要瞻前顾后）；一旦退出一线，可以相对放松（还说不上随心所欲），那时才发现我们身体、学问及精神上的粗犷与自然（得失均在此）。

多年后看，77、78 级大学生作为一个整体，有理想、守底线、能吃苦，在中国政治、经济、社会、文化转型中，发挥过很大作用，基本上完成了历史赋予的使命。作为人类历史上这么一场惊心动魄的大剧，改革开放四十年，我们有幸成为亲历者或见证人。这实在是千载难逢的好机遇。我们认真表演过，也收获了不少掌声。但如今的舞台，明显属于年轻一辈。这个时候，除了鞠躬退场，若能为自己、也为历史留下一份证词，那是再好不过的了。

不是每代人都有这种幸运：与大的历史潮流同行，以至个人的得失与荣辱，竟然与整个国家的兴衰联系在一起。你我 1978 年 2 月或 9 月入学，而同年 5 月 11 日《光明日报》发表《实践是检验真理的唯一标准》，引起激烈且持续的讨论；12 月 18 日至 22 日召开的党的十一届三中全会，确立了解放思想、实事求是的思想路线，作出了把全党工作的着重点和全国人民的注意力转移到社会主义现代化建设上来的战略决策。无论“朝”“野”，谈论中国的改革开放，都从这个地方说起。

我们三生有幸，踩上了时代的鼓点。因此，同学四年的记忆，既属于你我的私人生活，也必定沾染上时代风云。人物并非都是高大上，故事也不一定结局美满，但九曲十八弯，我们都亲历过，至今还能说出每次起伏的时间、转弯的角度，以及关键时刻的水温与风向。

讲故事，太远太近，或太大太小，都有局限性。四十年的时间跨度，特别适合于追忆。记得中国学界第一次认真纪念抗战烽火中的国立西南联合大学，是 1986 年出版的《笳吹弦诵在春城》（西南联大校友会编），那时正好是西南联大结束四十周年。为什么选这个节点？因当年的大学生基本上都退休了，有时间、有心情，也有兴致重温当年的“峥嵘岁月”。今天也一样，比起此前讲述我们故事的《八二届毕业生》（拉家渡主编，广州出版社 2003 年版）、《我的 1977》（陈建功、周国平等著，中国华侨出版社 2007 年版）、《永远的 1977》（未名编，北京大学出版社 2007 年版）、《难忘 1977》（教育部考试中心编，天津人民出版社 2007 年版）、《那三届》（王辉耀主编，中国出版传媒股份有限公司、中国对外翻译出版有限公司 2014 年版）等，我相信我们能讲出更多“不为人知”的精彩故事。

若论大学生活之跌宕起伏、波澜壮阔以及充满传奇色彩，除了五四运动、抗战烽火，就该轮到我们了。比起戏剧性的考试与入学，我更愿意关注四年同窗所共同经历的风风雨雨，以及结下的深厚情谊，或解不开的疙瘩。在我看来，那才是追忆的重点——只讲恢复高考，很容易成为千篇一律的“发迹变泰”。用各种文体（散文、随笔、诗歌、札记、日记、书信、照片、图画，乃至课程表、成绩单等），记录下我们的校园生活，那可是大时代的投影，其中有我们的得意与委屈，还有众多开花或不开花的故事。正因风声雨声连着国事家事，当初激动不已的，如今可能一笑置之；当初不以为然的，如今或许刻骨铭心。大到时代风

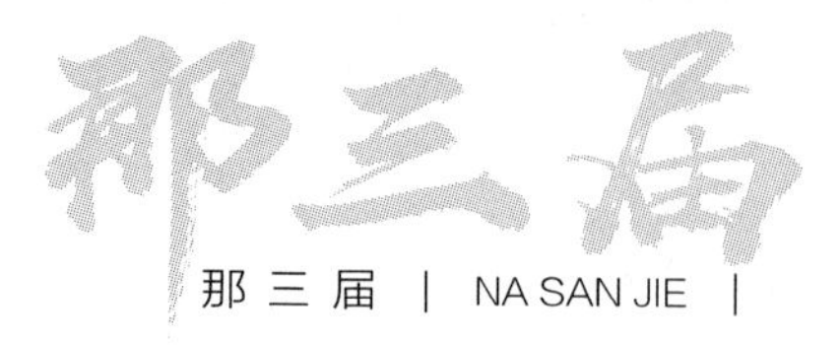

气，小到个人恩怨，中间还有校园氛围以及班级故事，同样值得你我追忆。

讲故事，彼此关系太亲或太疏，都不是最佳状态。你我同学四年，并非全都和睦相处；只不过随着时间推移，那些不愉快的痕迹早就抹去，留下来的只有“同学情谊”。因特殊的历史机缘，我们赶上了同一趟车船，不要说曾经同窗，即便互不相识且远隔千山万水，一听说是77、78 级大学生，彼此之间就有了某种亲切感，三五句话就能明白彼此的经历、趣味与立场。此时追忆往事，并非只说好话，这代人的弱点躲不过后辈敏锐的眼光，也躲不过你我深夜的扪心自问。

文章思路早就有了，苦于找不到好角度。这个话题明显带有排他性，很容易引起误解。因此，姿态太高太低都不好，口气太硬太软也不行，说是兼及感性与理性，但那分寸实在不好把握。最后终于想清楚了——没必要字斟句酌的。一切本来就很简单，今年是恢复高考四十周年，很想约认识不认识、得意不得意的 77、78 级兄弟姐妹们，说出你我的故事，留给当下以及后世的读者。

那三届

曹景行

1947 年生于上海，复旦大学历史系毕业。1982 年在上海市社会科学院世界经济研究所工作，1989 年移居香港，在中文《亚洲周刊》工作八年，历任编辑、副总编辑，兼香港《明报》主笔。1998 年进入凤凰卫视，先后任凤凰卫视资讯台副台长、凤凰卫视言论部总监、《时事开讲》《景行长安街》《风范大国民》《口述历史》等节目主持人、《中天新闻频道》总编辑。2013 年加盟亚洲联合卫视（UNB），就任总编辑。著作有《香港十年》和《光圈中的凤凰》。2005 年起在清华大学担任高级访问学者、客座教授。先后主讲电视新闻评论、电视新闻专题、大众传媒与国际关系、高级新闻评论等课程。

1978，我和妻子一起走出大山

我的人生被一分为二，分水岭是 1977 年邓小平主持的那场科教工作座谈会。

座谈会前，我是从上海到安徽的插队知青，因为父亲曹聚仁的“海外关系”备受困扰。当时在黄山茶林场，几乎已抱定决心和妻子在此扎根。

在 1977 年 8 月举行的座谈会上，时任武汉大学副教授查全性对招生制度改革的呼吁（一说是时任教育部党组成员、高教司司长刘道玉向查全性提出了发言建议），得到了会议主持人邓小平的拍板。会后，因“文化大革命”而中断 11 年的高考重新恢复，几百万知识青年重新获得了学习知识的入场券，人生轨迹因而转折。

我先后参加了 1977、1978 年两次高考，终于在 31 岁时拿到了复旦大学历史系的录取通知书，和考入复旦化学系的妻子一起走出大山。

毕业后，我先在上海市社会科学院世界经济研究所从事研究工作，妻子分配到上海中医学院。20 世纪 80 年代末，我们移居香港。我进入传媒业，历任《亚洲周刊》副总编辑、《明报》主笔、《中天新闻频道》

总编辑、凤凰卫视资讯台副台长等职；我妻子蔡金莲亦兜兜转转，最终落定在香港中文大学任教。

“文化大革命”后，没想过还能高考

1966年“文化大革命”全面启动后，高考停止。那一年我从上海市西中学毕业，等待我和同龄人的是1968年的知识青年“上山下乡”运动。

老师问要不要去黄山？我同意了。内心觉得跑远点无所谓。我当时生出的“避走他乡”的想法，源于父亲曹聚仁不能公开的工作以及“海外关系”。

父亲是章太炎的弟子，曾在复旦大学任教，亦是国内有名的报人。抗战全面爆发后，他走出书斋，成了战地记者。1950年，只身前往香港，羁留港澳22年直到去世。其间，他作为“中间人”反复奔走于大陆与台湾之间，主张两岸和平统一。

我清楚父亲的工作以及重要性，但在当时无法也不能对人说明。

在黄山，我一待十年。扛木头、挑担子、种水稻、下车间，我什么都干过。我和妻子是那会开始恋爱的，1975年结为同好。

那时候完全不知道以后会怎样。在茶林场，每天早上天没亮就被广播喇叭声惊醒，天黑好久才收工。回到宿舍瘫在床上起不来，常常连洗把脸的力气都没有。一个星期七天，连续几个星期没有一天休息，黄山给了我们非同一般的承受力。

冬天上山砍柴，傍晚时分扛着百多斤重的柴捆一步步往下走，肚子饿了，浑身的汗水变得冰凉，两腿发软，也只有硬挺，一点办法都没有。

夜以继日的劳作使我对高考不抱一点希望。后来有工农兵学员了，

我看别人读大学虽然羡慕，但考虑自己的家庭成分也不敢多想。我就没想过还能高考。因此 1966 年以后，英文一个字我都没再碰过。

我和妻子很快就有了孩子。我们住在黄山茶林场一套十几平米的房子里，每天干活很累，总想看点东西。我那段时间什么书都看，马列的、历史的、科技的、自然科学的，为了工作甚至学金相学。我们两个人都没放弃阅读，不管看得懂看不懂都看。无心的准备才让后来有了“机会”。

双双录取复旦

1977 年夏天，各方消息都来了，说要恢复高考。同龄人几乎都动起来了，我们也不例外。当时大家都要备考，用手抄题目，中学课本和教辅是抢手货，各地的新华书店这类书籍全部卖光。当时我们抱着试试看的心情，只不过想着可以多一条路，没时间也没有资料复习，都是靠平时的积累。

1977 年 12 月，全国有 570 万考生走进考场。我们是大军中的两个。

我的分数过线了，我妻子没有过。她当时在场部小学教书，既要带孩子，又同时备课、上课。尽管我自己高分过线，但没能通过体检。

当时茶林场的知青们分析，是安徽方面不希望上海知青占用安徽名额。上海知青分数好的，在体检中，一点小病就被刷下来；而考上的，也被分到较远且差的学校。

后来想，幸好没考取。如果考取了，一个人上学，妻子还留在场里。1978 年我们在各自所在的农场再次高考，双双过线。命运由此改变。

1978 年政策的感觉跟 1977 年很不一样，尽可能把学生中能读大学的招收进来。后来一些同学也说，当时如果卡一下就进不了大学了。可以说，1978 年是最后一批像我们这个年龄的人读大学的机会。

9 月份接到录取通知，我心里还是不踏实。老是觉得随时可能还会有变化，充满了不确定感。一直到这年 10 月，报到了，搬进宿舍了，我才真真实实感到，确确实实读大学了。

了解历史，还要知道世界

77、78 级学生年龄差距大，我们上大学前的遭遇相差甚远。我比班级里最小的同学大 14 岁，我太太更是被同学们叫了四年的“老大姐”。

当时复旦校园内疮痍未复，大草坪上依然种着庄稼，大字报、大幅标语随处可见，一些知名教授尚未恢复名誉，或者还不能正常工作。学校的图书资料严重不足，不少同学吃饭时到食堂买几个馒头就去图书馆、资料室抢占座位和书刊。

大学四年对我来说，就是读书。黄山茶林场每月依旧给我们夫妇发工资。当时，学校给贫困生的助学补助才 14 块，我们 80 多元的工资在当时无疑是高收入。刨去 40 元买饭票、20 元贴补家用，其余的钱都被我用来买书。

有些书买不到，就从老师处借，然后用手抄。我记得抄过英国军事学家李德·哈特的《第二次世界大战史》，美国历史学家威廉·曼彻斯特的《光荣与梦想》等。我太太读理科没有太多需要买的书，但完成功课非常艰苦。

我们的学习能力都挺强。我在上复旦前，花半个月时间又重读了中学的英语课本，这样在入学后的英语摸底考试中，成为全班仅有的两个拿到 60 分以上分数的人。也因此，有了更多时间选修自己感兴趣的其他专业的课程。

入学不久，我就意识到，了解历史的同时还必须认识世界。党的十一届三中全会让中国真的开放了，所以后来，我就把美国当代史确定为自己的研究方向。另外，我还选修了世界经济、国际关系等课程，总共修了 180 个学分，比学校提出的毕业要求多出了 50 个学分。

老师把最好的东西教给我们

大学的老师很敬职，倾其所有，把最好的知识传授给学生。

那时候没有教材，老师经常自己找资料复印给我们。我们接触到一些上一代被打倒又复出的教父级的人物，比如谭其骧、周予同、周谷城……以前不让他们讲、不让显示才能，如今他们老了，愿意把东西教给你，非常难得！

历史系教授专业英语的陈仁炳老师，是全国五位未获平反的“右派”之一。他是 1936 年的美国密执安大学（今密歇根大学）哲学博士，曾任上海市政协副秘书长和民盟中央委员。陈老师上课西装笔挺，打着领带，这在当时的校园是绝无仅有的派头。

那时候没有好的教材，陈仁炳老师自己选教材，从名著中把他认为最好的段落找出来，自己用打字机打在蜡纸上，然后油印出来分给大家。他把他看到的、最好的东西教给我们。比如英国历史学家汤因比，他说：“一句话就是一段文字，把他的语法看透了，其他书就不难了。”

我印象深刻的还有张荫桐老师。他教南亚史，我关于印度的知识，很多都来源于他。2012 年，我根据采访经历出版了《印度十日》，这是我对老师交上的一份迟到了 30 年的作业。传言中的张老师经历了不少苦难。我们做学生的从来没有求证过。他的苦难我倒希望不是事实，他站在课堂上的样子，一点都看不出沧桑。我记得他的风度、风范，我习惯于用他教的思路来分析和评断。

后半辈子的转折

1982 年，我毕业后到上海社科院，在世界经济研究所从事美国和亚太经济现状研究，我太太分到上海中医学院。之后，我们移居香港，一个转行新闻，一个继续从事与化学相关的工作。

必须承认，大学四年以及在上海社科院的大量阅读，为我后来从事新闻工作打下了坚实的基础。大学不仅学到了知识，更重要的是培养了独立思考的能力，以至后来不断面对和接触新事物，我靠自学就能掌握。

1997 年 2 月 19 日，邓小平逝世。忙了一整夜的报道，天亮后我与同事一起前往新华社香港分社。已经守在灵堂现场的记者问我，为什么要来祭拜？我说：如果没有邓小平，我今天不可能在这儿！也根本没有可能有今天。

当年茶林场两个不算年轻的年轻人，通过高考，走上了另一条人生路。

陈兴良

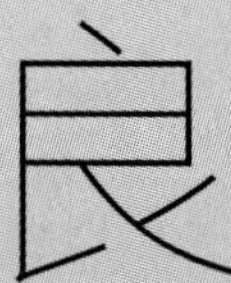

1981年12月毕业于北京大学法律学系，获法学学士学位，同年考入中国人民大学法律系，先后获得法学硕士和博士学位。1998年至今任北京大学法学院教授、博士生导师。兼任北京大学法学院学术委员会主任、北京大学法治与发展研究院刑事法治研究中心主任、北京大学社会科学学部学术委员会副主任、教育部社会科学委员会委员以及国家社科基金学科评审组专家等职。

知识分子要抵御非专业的压力

恢复高考是重大转折

我出生在浙江建德一个普通家庭，父亲是当地汽车站的一个基层干部，母亲是印刷厂工人，家里几乎没有藏书，因此也就没有家学渊源，知识主要来自学校学习。1966 年“文化大革命”开始时我 9 岁，才读小学三年级。因为是在偏远小镇，“文化大革命”闹得没有大城市凶，虽然也曾停课闹革命，但不久又复课，我接着念书。小学六年半，初中两年，高中两年半，残缺的学制、断续的学期，一切都是那么反常。那时，学校经常搞各种运动，学工学农学军成为必修课，学习内容是杂乱的，学校生活是混乱的。我的学习可以概括为：在毛主席语录中识字，在毛主席诗词中学诗，在大字报中学作文。我们就在这种社会乱象的背景下成长。

“文化大革命”期间，老师要求我们写大字报、写学习毛主席语录心得体会，我的写作能力实际上是从读大字报、写大字报中锻炼出来

的。到了中学，学校成立革委会，我因为写作能力强，作为学生代表被推举成为学校革委会委员，那时候我才 12 岁，这个经历可谓独特。前几年初中同学聚会，一个初中同学说对我“特别能写”印象很深。有一次我们一起到工厂去学工，他犯了一个错误，工厂领导让他写检讨书，他不会写，让我帮他写，我写完后他说：“你的检讨书写得太好了，这个错误好像是你犯的一样。”我就是文笔好，特别会写东西，这个能力从小就有，到现在写一部学术著作，几十万字，我也能顺畅写完，基本无须修改。

1972 年，教育界出现一线生机，学校开始重视教学质量，当时我正好在严州中学读高中一年级。严州中学是一所百年老校，老师都非常不错，教我英语的老师是北大历史系世界史专业毕业，其他老师也都是名校毕业。我的数学、物理、化学都学得不错。高中毕业时，我的各科成绩均在 96 分左右，在班上名列前茅。

1974 年高中毕业后，我作为知青下乡到当地的千鹤公社，在农村劳动了两年。那时候我对文学比较感兴趣，读了很多中国文学史、唐诗宋词方面的书籍，我也尝试写小说、散文，每天坚持写日记，写了十多年。1976 年底，正逢知青上调，也就是从农村选调知青到机关、工厂工作，我在农村表现还不错，又会写文章，就被选调到建德县公安局做文秘。全县几千知青中，只选了四个人到县公安局，我家里没有任何背景，完全靠自己表现好。我们四个人，除了我考大学出来了，其他三人从基层做起，后来从政，都发展得不错。

我在县公安局的时间只有一年多，1976 年 12 月报到，1978 年考上大学离开。这一年的公安工作对我后来的发展影响很大，我对社会治理有了基本了解。“文化大革命”期间公检法都被砸烂了，我到公安局工作时，法院和检察院还没有恢复，只有公安局。我在局机关做文秘，有时候也会去一线调研。我参加过批斗大会、游行示众活动。印象深刻的是 1977 年初，在大雪天参加对一个越狱逃跑的抢劫杀人犯的抓捕。逃犯关押在县公安局看守所，那天逃到看守所的后山，我们正好住在看守所的宿舍，参加了抓捕。后来这个抢劫杀人犯被判死刑。我随同观看了死刑执行过程。犯罪嫌疑人很年轻，二十四五岁的样子，脸上还有粉刺。执行死刑时，一个同被执行的老头吓瘫了，这个年轻人一点也不害怕。行刑场面给我留下很深印象。我后来研究死刑问题，这个案件给我留下了死刑的直观印象。

我当时在公安局看书写东西，对将来的出路并没太多考虑。到了 1977 年，听到可能恢复高考的小道消息，因为我本来就爱好读书，没有任何犹豫就决定报考。当时在公安局工作算是一个比较好的职业，别人都很羡慕，其他三个和我一起选调到县公安局的知青，都没参加考试。我没有任何犹豫，对知识充满渴望，向往读大学。

我的学习没有中断，知识基础打得不错，准备高考我就是自己看书复习，找一些高中教材。当然工作和学习有冲突，因为当时才到县公安局工作半年多，公安局领导对我复习应考不满意，让我参加工作队，下乡去做农村整顿。我就去了公社，一边参加整顿一边复习。1978 年拿到北大录取通知书时，我还在公社，县公安局的一个同事骑摩托把通知书送到乡下，我就回城准备上大学了。后来得知，我是当年杭州地区高考的第二名。

我的第一志愿是北大哲学系，因为我对马克思主义哲学刚开始感兴趣；第二志愿是复旦大学新闻系，做记者要能写，写作是我的专长；第三志愿是北大法律系，这和我在公安局的工作经历有关。三个志愿报的都是好学校，和我一起参加考试的同学还嘲笑我。我不是自信而是凭兴趣填报志愿，对于考试结果没有想那么多。结果我被北大法律系录取了，那时候法律是保密专业，只有三所高校招法律专业的学生。我们那时候报志愿和录取并没有很大的关系，后来上大学和同学交流，我们同

学中有相当一部分没有报法律系，譬如现在的知名律师陶景洲报的是安徽师范学院，后来的烟台大学校长郭明瑞报的是烟台师专。因为我们这些同学考分比较高，北大就提前录取走了。

恢复高考对国家和我个人都是一个重大转折。“文化大革命”十年，我从 9 岁到 19 岁，正处在一个求知的年龄段，对知识非常渴望，上大学给了我一个系统的深入学习机会。上大学那年，我 20 岁，没有家庭负担拖累，正是学习的大好时光。如果没有高考，我可能会在县公安局干下去，过几年也能得到一官半职，做个地方的中层干部是没问题的。高考使我来到北京，学了法律，走上学术道路，这是当时没想到的。

北大和人大

我是 1978 年 2 月 26 日坐火车到北京的，当时北京还是冬天，光秃秃、灰蒙蒙的，南方已经是郁郁葱葱；吃的也不习惯，南方主要是吃大米，北方吃的是窝窝头、玉米面。适应了一周，很快我就被浓厚的学习氛围吸引了，生活上的郁闷一扫而光。首先是图书馆像个浩瀚的海洋把我吸引住了，我之前在老家没什么书可看，北大图书馆藏书非常丰富，想看什么书都有。我对法律方面的书一开始并不是很上心，我的兴趣在哲学方面，从马克思主义哲学转到西方古典哲学，读了康德、黑格尔的很多著作，黑格尔的抽象思维对我影响比较大，受这种思想影响我的写作文风也有了改变。我很认真读了马克思的《1844 年经济学哲学手稿》，对异化理论很感兴趣。找到一个分析社会的有效工具，对我之后形成哲学思辨的思维方法很有帮助。对哲学的学习，为我后来从事刑法研究，尤其是刑法哲学研究奠定了基础。刑法学的方法论主要是哲学，尤其是逻辑学，这一块我的基础比较好。

当时北大校园整个氛围是开放的、积极向上的，有各种社团活动，我对文学感兴趣，学校里贴满各种文学刊物，有一个很火的地下文学刊物《今天》贴到北大校园里，我们端着饭盆争相去看。还有中文系张贴的各种文学作品，“伤痕文学”盛行，我也都追着看。

北大 77 级法律系一共有 83 人，分 8 个组。入校时，我们的家庭背景差别很大，有的来自高干家庭，多数来自农村、基层。年龄相差也比较大，最大的 32 岁，结婚了，拖家带口来读书，最小的一位女同学是高中应届生，才 17 岁，有年龄大的男生逗她让她喊叔叔。

同学们读书都很刻苦，印象中读书最努力的是李克强和姜明安。李克强现在是国务院总理，他在学生时代就表现出很强的领导组织能力。李克强就住我隔壁，他非常努力学英语，身上总带着一个小本子，正面和反面都密密麻麻记着单词，他走路也在背英语，在学校食堂排队打饭时也在背单词。我们当时上课没有教材，李克强翻译了《英国宪法史纲》，打印出来作为教学参考资料。李克强的组织能力很强、很热心，和他打交道会觉得他有很强的感染力、号召力，思路开阔，很有自己的一套独特想法。同学们当时就认为李克强适合从政，他后来做到国务院总理，我们一点都不惊讶。

姜明安的学习刻苦也是大家公认的。他和我住同一个宿舍，早上很早就出去了，晚上十点钟熄灯了才回来，白天基本上看不到人影，他还曾因看书入迷把同学的被子烧了个洞，后来留在北大教书，是行政法专家。同学中交往比较多的还有已故的周振想教授，做过中国青年政治学院副院长，他爱好文学和哲学，我和他在一起探讨文学和哲学非常愉快，可惜他英年早逝。何勤华和我一样来自南方，我们交往较多，他后来当了华东政法大学校长。来自山东的郭明瑞比我大十岁，在农村教过中学，社会经验比较丰富，后来回山东当了烟台大学校长。同学中还有人在高院做院长，在知名企业做高管，在律所做合伙人，在各行各业都做得不错。

我们是“文化大革命”结束的第一批大学生，大多下过乡，有丰富的社会经历，有发自本能的社会关怀。自主观念强，学习不是简单的接受知识，而是以批评的、审视的态度对待知识，注重知识在实际中的运用，相对容易出成果。

当然历史机遇很重要。本来人才的培养是一个持续的过程，每个年龄段都有优秀的人才涌现出来。因为“文化大革命”，大学停办十年，出现了人才断层。“文化大革命”结束后，百废待兴，需要大量人才，我们在北大接受了较好的教育，走上工作岗位，很快得到社会认可。77、78、79那三届大学生，确实更容易出人才，是人才断层出现的缺口所致。

我们入学时法律还是一个很弱的学科，中国的法学教育在1949年后就一直处在不正常的状态，在“文化大革命”前法学院就停办了，1979年7月1日国家颁布七部法律，这是“文化大革命”结束后最早颁布的一批法律。从这个时候开始，法律制度才慢慢恢复重建。我们上课没有教材，老师口授，我们做笔记，还有同学自己翻译国外的教材打印出来供学习参考。事实上，在我们读书时，法学并没有太多可学的东西，这对我来说是个好事，我自学了大量的哲学书籍。

当时北大法律系有五六十位老师，分为两部分，一部分是1949年以前的教授，大约是50—60岁，如王铁崖、龚祥瑞、沈宗灵等老先生，他们很有学问，有的还是从国外留学回来的。还有一部分是中华人民共和国成立后培养的本科生、研究生，大多是北大自己培养的，还有一些是人民大学分过来的，这个群体当时大约在40岁。中青年教师和老教师搭配着给我们讲课。给我印象深刻的老师有两位，一位是沈宗灵老师，大四给我们开西方法哲学课程。当时国家还比较封闭，沈老师讲西方法理学、法哲学，给我开启了一扇大门，我还写了一篇关于法哲学体系建构的论文向他请教。还有就是教外国宪法的龚祥瑞老师，龚老师是民国时期的教授，他跟学生关系很好，我们有个小圈子，经常到他家去参加小规模的讨论会，帮他做一些文字工作。毕业时，我们几个和龚老师关系很近的学生，邀请龚老师专门去照相馆拍了一张照片。

20 世纪 80 年代的北大校园很自由，大家有激情，热气腾腾，印象最深的是 1980 年的海淀区人大代表选举。当时规定选民有三人以上联名可以提出代表候选人，学生中有活跃分子参选，他们上台演讲，发传单，发表对各种问题的看法，有时候在操场上放个椅子站在上面讲。其中一位是哲学系的研究生，后来他当选了海淀区人大代表。投票的时候我们法律系一些同学正在南京实习，就在南京投票，把选票带回北京。

北大和人大是两所风格很不一样的大学，北大更注重培养学生的独立思考能力，思想比较自由，属于“放羊式”管理；人民大学的管理比较严格，在政治思想方面要求比较严格。人大在“文化大革命”期间停办，恢复后法律系的师资力量很强大，尤其是刑法专业的高铭暄老师和王作富老师的学术功底深厚。

我去人民大学读刑法学方向研究生是阴差阳错。我的目标本来是出国留学，我喜欢法理学，但北大法律系没有法理学的留学指标，正好人大也在招研究生，其中刑法专业的犯罪学方向有三个出国留学指标，当时人大还没有自己的本科毕业生，我就想去考人民大学的公派出国留学生。全国研究生统考科目我考得都不错，但刑法专业课没考好，人大法律系要求专业课要达到 85 分以上才有资格公派留学，这样我就没能出国，留在人民大学念刑法学研究生。要知道，这种竞争性的入学考试，专业课要考到 85 分是很难的，何况我接受的不是人大的刑法专业教育。不过，三年后，在我考人大高铭暄老师博士生的时候，我的刑法专业课成绩达到 92 分，这也是极为少见的。这是后话。

刚念研究生时，我对刑法并没有多大兴趣，我喜欢的是抽象的法理学、法哲学，我当时想刑法就是对法律条文的理解和一些司法实践的案例，当时刑法总共才192个法条，没多少内容，哪需要学习三年。所以研究生第一年我还是自己在搞哲学，写“天人合一”的论文。第二年开始上刑法学专业课，高铭暄老师给我们讲刑法总论，他采用的训练方法是综述，对某一个问题，把所有资料都看过，然后对各种观点进行整合。我对十多个问题做了综述，写了七八万字，就这样我慢慢被刑法专业所吸引。紧接着，王作富老师给我们讲授刑法分则，他对各种罪名的理解特别深入，分析特别细致，使我感到刑法中大有学问，因而开始钻研刑法。1984年12月硕士毕业我就留校了，同时在职跟着高老师念博士，1987年博士毕业，留在人大教书，1998年调回北大。

我们没有辜负时代

北大法律系77级被称为“黄埔一期”。那三届大学生很幸运，赶上了改革开放的年代，在各自岗位上发挥了重要作用。拿我们北大法律系77、78、79三届学生来说，从政的出了国务院总理，还出了好几个省部级领导干部、地方高级法院院长；做学术的，姜明安在行政法领域，何勤华在法制史领域，郭明瑞在民法领域，我在刑法领域，都做得不错；还有一些同学做律师，陶景洲从法国回到中国做律师，王建平从美国回到中国做律师，都是国际大牌律所的合伙人，等等，我们在各自的领域为中国的法治建设作出了自己的贡献。从这个角度说，我们这一代人没有辜负时代对我们的期待。

40年过去了，总体来说国家往一个好的方向前进。1977年，“文化大革命”刚结束，中国处在国民经济崩溃的边缘，老百姓生活在贫穷之中，高等教育停办，整个社会都处在一个较低的发展水平。现在，我们的国民经济和社会有了这么大发展，教育水平得到极大提高，这个成绩是值得肯定的。尽管中间有一些曲折，但是在往好的方向发展，在这个过程中我们这代人做了一些贡献。如今到了该退休的年龄，我们寄希望于下一代，他们会比我们这代人做得更好。

当年我们憧憬的是国富民强，从总体上说，社会、经济、教育的进步是巨大的，这种进步超出当年的想象。在 20 世纪 80 年代我刚从教的时候，我们跟国外学者比，在收入上是远远不如人家的，现在我们的收入已经有了很大的提高，在办公环境上甚至还超过了国外。但我们的学术水平与国外学者比提高很多吗？这是值得我们反思的。从国家层面来说，如果制度建设能跟进，中国将会有更大的发展。

知识分子分为专业知识分子和公共知识分子，专业知识分子首先要有一个专业的思考角度，首先应该把专业做好。公共知识分子也是从做专业出身，但后来超出了自己的专业领域，对社会现象进行批判、发声。公共知识分子是需要的，就像啄木鸟一样，目的还是为了推动社会发展完善。就我自己而言，我更喜欢做专业知识分子，在自己的专业领域有所建树，发表专业见解。公共知识分子是社会有机体的良心，因为他的职责性质所决定，会承受来自社会各方面的压力；而专业知识分子则是社会大厦的构件，在专业领域的坚守，需要扎实的专业知识和独特的专业审视，同样要抵御非专业的压力。不管哪一种，都要具备社会担当。

我们那三届大多有社会实践经验，经历过社会底层和贫穷的生活，这使我们对社会有更多的关怀和责任感。现在的大学生比较注重个人发展，对个人利益关注得多一些。当然每一代人都有自己的特点和使命，现在的大学生接受新鲜知识、对科技的敏感度、创造力，都超出我们，相信他们的成就也能超出我们。

这些年一直在讲高考改革，但高考改革不仅是考试方式的改革，更是教育体制的改革。如果整个教育体制不变，高考改革是很难取得效果的。我们要学习小平同志当年恢复高考的气魄，敢于打破条条框框，推

动社会发展。对高等教育来说，一是要在公立学校去官僚行政化，对僵死的高校管理体制进行改革；二是要放开私立学校，形成办学的市场竞争，创办一流的私立学校。

反思法治进程

40 年来，中国法治环境发生了翻天覆地的变化。1977 年，基本还是一个“无法无天”的社会，当时仅有一部《宪法》，一部《婚姻法》，其他的法律都不完备，连《刑法》都没有。一个七八亿人口的大国，30 年来没有一部《刑法》，这是很难想象的，在人类历史上也是极为罕见的。没有《刑法》，杀人放火这类犯罪怎么处理？当时只能靠政策来治理。在“文化大革命”中，各种政治迫害达到登峰造极的地步，上至国家领导人，下至普通百姓，他们的人身权利都得不到法律保障。可以说，在“无法无天”的社会，没有幸运者，遭殃的是社会的所有成员。

“文化大革命”结束后，拨乱反正，痛定思痛，国家决定还是要搞法治，从 1978 年开始恢复法治、重建法治，首要的是要解决有法可依的问题，要制定、颁布法律。1979 年 7 月 1 日颁布了包括《刑法》在内的七部法律，这是我国立法史上新的开端，到现在三十多年来又制定、颁布了数百部法律。2011 年，时任全国人大常委会委员长吴邦国宣布中国特色社会主义法律体系已经形成，我国现在的法律体系比较完备了。另一方面是司法重建，在“文化大革命”中司法机关都被砸烂了，“文化大革命”结束后，检察院、法院慢慢恢复正常了，现在越来越强调法治。

总体来看，从原来根本“无法”，到现在强调法治，而且建设法治国家还写进宪法，这是一个巨大的进步。但是，我们还没有达到一个理想的法治状态，我们的法治还处在一个较低的水准，司法机关在体制上还存在各种问题，这些年司法领域出现的各种冤假错案，都和司法体系不完善有关。在看到成绩的同时，我们还需要不断完善司法体制。尤其是要解决“权”和“法”的关系，如何用法律来规范权力，把权力装进制度的笼子里。目前正在进行的司法改革，试图解决司法体制中的一些老大难问题，比如一些重大冤假错案得到平反，这方面也有进步。

冤假错案的发生和平反都与我们的司法体制有关。现在平反了一些重大冤假错案，还有一些错案是没有完全根据法律规定来执行，或者证据标准比较低，这类错案很难得到纠正。相较于其他法治发达的国家，我国司法机关对人权的保障还做得不够。在法治发达国家，对案件的证据标准设定得非常高，如果按照这种标准来判断，我们很多案子定罪的证据都是不合格的。当然我国也在不断进步，过去根本不讲法，说你是犯罪就是犯罪，现在必须讲证据，最近又出台了排除非法证据的规定，这些都是在推进我国法治的发展。

到底是把维护社会稳定、打击犯罪放在一个更重要的位置，还是把人权保障、保护被告人合法权益放在一个更重要的位置，这是个两难选择。如果把证据标准设定得较高，就可以避免出现冤假错案，但可能就会导致一部分犯罪分子逍遥法外；如果把证据标准设定得较低，可能会让犯罪分子更多受到法律制裁，同时也可能冤枉无辜的人。我国的司法体制目前更多地强调打击犯罪，人权保障还处在较低的水平。我认为，或者说以后的方向，应该继续提高证据标准，在保证打击犯罪的目标实现的同时，更多地追求人权保障的效果。

刑法专业本身有很强的实践性，必须关注司法实践，立足实践做学术研究。20 世纪 90 年代到 2003 年前后，我对社会案件有一种积极参与的心态，组织了一些学术沙龙，讨论了一些重大的案件。法治建设是一个慢慢发展的过程，从 2003 年“刘涌案”以后，我就较少介入社会热点案件的讨论，我的个人观点是：虽然法治建设是学者的关注点，但法治建设不是我们学者能主导的。在这种情况下，我们应该更注重学术本身，在学术上的理论建树是能够通过自己努力达到的。

我们从事法学研究，并不仅仅是关注法条本身，法条背后是社会生活、人类精神生活。即使是从事学术研究，在学术背后也是对社会的关注。对社会的关注可以有不同的途径，具体来讲，同学中有的参与一些立法或司法实践活动，对立法、司法发表意见，这是对法治建设的直接参与；我从事刑法学术研究，本身也是为社会提供一种思想资源，是间接参与法治建设，我更愿意从事这种理论建构工作。

司法改革的最终目标是要建立具有独立承担纠纷解决功能的司法体系，从而维护社会稳定。在现代社会，随着多元利益格局的形成，建立在市场经济基础之上的社会需要焕发生机与活力，同时又要具有秩序和约束。因此，法治就成为现代社会治理的根本途径。因为在现代社会需要通过法律确认利益关系，规范公权力，保护个人权利。在此，司法的定分止争功能不可或缺。我们有理由对未来的司法改革充满期待。

那三届

葛剑雄

1945年出生于浙江湖州。历史地理学者、历史学家、历史学博士、教授、博导。曾任复旦大学中国历史地理研究所所长、历史地理研究中心主任，现任教育部社会科学委员会委员，十二届全国政协委员会常务委员，中央文史研究馆馆员。2014年3月，卸任复旦大学图书馆馆长，返回复旦历史地理研究所续任教授。著有《西汉人口地理》《中国人口发展史》《统一与分裂：中国历史的启示》《中国移民史》《悠悠长水：谭其骧传》《葛剑雄自选集》《行路集》《碎石集》等，主编《中国人口史》六卷本、《千秋兴亡》等。

感谢机遇：我的 1977、1978

每当恢复高考一个十周年时，都会有记者来采访，编辑约稿，以为我是 1977 年恢复高考后入学的第一批大学生，其实我不是。恢复高考后我也曾兴冲冲地去报名，工作人员看了我的证件后告诉我已经超龄。规定的年龄是 30 足岁，即在报名时不满 31 岁。我出生于 1945 年 12 月，当时已过了年龄。有人劝我凭着上海市教育战线先进工作者和上海市人大代表的身份给领导写信，争取破例。当时习惯于服从组织安排，觉得既然不符合报名条件就只能服从。

没有几个月，公开招收研究生的消息公布了。开始我没在意，因为我知道研究生比大学生高一个等级，大学毕业后才能报考，与我没有关系。不久看到具体报道，知道报名年龄放宽到 40 岁，而且没有学历条件。记得《人民日报》还发了评论文章《不拘一格降人才》，强调研究生招生在年龄、学历、家庭出身、本人表现上都要实事求是，不拘一格。我想，上大学本科的路已经断了，要实现上大学的梦想只能靠考研究生了。再说，我只有高中学历，就是考不上，也不丢脸，更不会有什么损失。报名时果然非常顺利，听工作人员说，已经报名的人中还有初中学历的。不过我心里还是没有底，平时不露声色，连单位同事也没有告诉。当时我在中学负责学生工作，考试那几天，每天照常主持 8 点钟的升旗与广播，结束后才骑自行车到不远的上海工学院（今上海大学延长路校区）考场，参加 9 点钟开始的笔试。接到复试通知后，按规定在职人员可享受 10 天备考假，我报考的事才在单位公开。

复试包括导师的面试，因为谭其骧教授正在龙华医院住院治疗，我们 5 名考生是到医院去接受面试的。复试下来，自我感觉不错，又开始担心工作单位会不会放我走。那时我是这所中学的专职学生团委书记，兼着教革组（相当于“文化大革命”前的教导处）副组长，负责全校学生的管理，一年前刚被评为上海市教育战线先进工作者，本区中学老师中唯一的市人大代表。“文化大革命”中对成名成家的资产阶级思想、走“白专道路”的批判言犹在耳，心有余悸。一个没有上过大学的中学教师想读研究生，不是为了成名成家又是为了什么？“党叫干啥就干啥”，“做一颗永不生锈的螺丝钉”，是我对学生的日常教育，如果上级拿来要求我，说党需要我继续在中学工作，我能不服从吗？

当我忐忑不安地将录取通知书交给党支部书记时，他却没有任何犹豫，告诉我已经将我的工作分配给其他人，我可以马上办离校手续。事后我得知，复旦大学历史系派往我校为我做政审的总支委员与支部书记认识，他读中学时曾到区少年宫服务，而支部书记那时担任少年宫主任。在得知我肯定会被复旦大学录取后，支部书记就请示过区教育局。教育局局长的态度十分坚决：“如果他能考上研究生，说明国家更需要他读研究生，一定要支持他去，学校的工作再困难也得克服。”我的工资还是由中学照发，直到我研究生毕业，才转到我新的工作单位复旦大学，其间一次工调还加了一级工资。据我所知，两年后市里就发了通知，要求稳定中学教师队伍，再报考研究生就没有那么容易了，有一位老同学考上后还是被本单位强力挽留了。

1978 年 10 月到复旦大学历史系报到，我发现幸运才刚开始。党的十一届三中全会后，知识分子政策得到全面落实，曾经被打成“牛鬼蛇神”“反动学术权威”的老教授重登讲台、重返研究室、重招研究生，我们这批研究生不仅选到了泰斗级的导师，还有机会听到他们讲的课，得到他们的耳提面命。

章巽（丹枫）教授是中西交通史专家，“文化大革命”期间被勒令退休，当时刚被重新请回历史地理研究室。室主任曾安排我接受他的指导，并为他做些辅助工作。当时章先生正在进行《法显传》考释，他让我去上海图书馆核对版本。我自以为非常认真，但章先生还是在我的校勘中发现了两处错误。他告诉我，哪怕一个错字，也会造成误判误导，有时会形成错误的结论。他又给我分析不同语源的汉译形成的差异，要求我重视外国学者的成果，学好外语。有一阶段，我几乎每周都要去山阴路章先生家，尽管只有一个学期，以往从未受过学术训练的我受益无穷。后来章先生招了马小鹤、任荣康两位研究生，我曾与他们开玩笑：“我应该是你们的师兄。”

1980 年秋，研究室领导安排我担任谭先生的助手，经常随同他参加学术活动，出席会议，为他处理信件，联系工作。1981 年 5 月，我随侍他去北京出席中国科学院学部委员（后改称院士）大会，以后几乎每年随他参加年度大会或地学部的会议。浙江大学出身的委员有 40 多人，大多是谭先生熟识的同事，还有他的学生和听过他课的，加上他在燕京大学的同学、北京的旧友，每天我都有机会听到他们的讨论、交谈、忆旧，亲炙他们的真知灼见、珠玑妙语，有的终生难忘。

我的硕士论文准备做历史人口地理方面的，谭先生说：“我不懂人口学，可以介绍你去找吴斐丹。”有次我提到胡焕庸先生提出的“瑷珲—腾冲线”，谭先生说，你何不直接向他请教呢？胡先生在“文化大革命”前就已销声匿迹，“文化大革命”期间更受到严重迫害，重新露面后就像出土文物，在广东召开的中国地理学会选举理事会时居然落选，中青年代表根本不知道他。有了谭先生的介绍，我两次去华东师大一村他家中求教。他很感慨，这么多年没有人来问“瑷珲—腾冲线”了。有一次我谈及对《梦溪笔谈》一条解释的异议，谭先生又联系了胡道静先生，安排我学习的机会。

我的博士论文评阅人是王仲荦、史念海、孙毓棠、李旭旦、杨向奎、杨宽、吴传钧、吴泽、吴斐丹、张维华、陈桥驿、林甘泉、周一良、周谷城、赵俪生、胡焕庸、胡道静、侯仁之、蔡尚思、黎子耀，答辩委员是侯仁之、史念海、杨向奎、吴泽、杨宽、程应镠、陈桥驿等先生，在当时也称得上超豪华。

如今这些老师都已归道山，有的在我求教不久就告别人间，或者失去了工作能力。每忆及此，除了永铭师恩，我永远感谢恢复高考、公开招收研究生这一历史机遇。

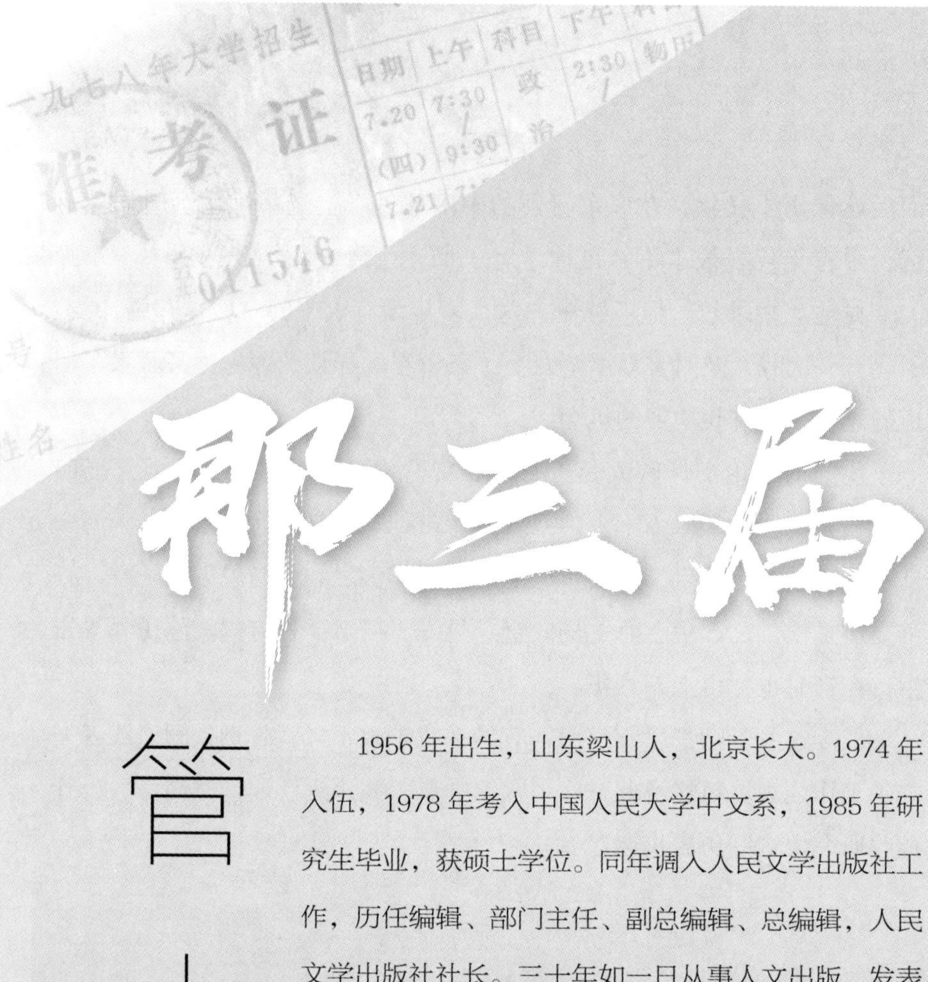

管士光

1956年出生，山东梁山人，北京长大。1974年入伍，1978年考入中国人民大学中文系，1985年研究生毕业，获硕士学位。同年调入人民文学出版社工作，历任编辑、部门主任、副总编辑、总编辑，人民文学出版社社长。三十年如一日从事人文出版，发表文章若干。2002年加入中国作家协会。

回望来时路

时间过得实在是快。近来我常常想起《庄子·知北游》中的话："人生天地之间，若白驹过隙，忽然而已。"诚哉斯言。记得2010年初秋，我编定了《管士光作品集》以后写了篇《编后记》，算来已经是六年以前的事了，但那时的感慨现在依旧，我在那篇《编后记》里说：

> 编定这个集子，突然想到梁启超的一段话："老年人常思既往，少年人常思将来。惟思既往也，故生留恋心；惟思将来也，故生希望心。"想想自己此时的心情，似乎介于"老年人"与"少年人"之间——编定集子，把以往清点一过，对既往难免生留恋之情；将过去打包放下，对未来又自然生希望之念。其中的欣然与惆怅，如鱼饮水，冷暖自知。

现在，在这套"文存"即将出版的时候，我忽然想到了杨绛先生"打扫战场"的说法。当然，无论从哪一方面说我都不能与杨绛先生相比，但那种心境依稀有几分相似。说到"把以往清点一过"，这次做得无疑更加彻底。

我记得我的文章第一次印成铅字，还是在部队当兵的时候。那是一篇杜撰的习作，写一个知识青年在农村“广阔天地”里大有作为的故事。文章的题目很时髦，叫《高粱红似火》。这篇文章发表以后，当然没有稿费，报社寄来一本革命故事汇编，都是一些杜撰的故事和人物，现在记得的只有报社那方红色的印章了。奇怪的是，这方印章在我的梦中还出现过几次，可见当时印象之深了。

从那以后，我又发表过几篇文章和所谓的“诗作”，现在看来，那些作品实在是幼稚。在部队当兵的时候，有一阶段我对诗歌着了迷，除了唐诗以外，特别喜欢贺敬之、李瑛的诗作。他们的许多作品，如贺敬之的《雷锋之歌》《西去列车的窗口》《回延安》、李瑛的《枣林村集》《红花满山》等，我当时都能背诵下来，渐渐开始模仿着写了起来。

我从总角之年就相知相交的朋友宋丹（他在上中学时就鼓励和支持我学习写作）和我在一个团当兵，我便请他所在连队的文书帮我刻印出来，名之曰《兵之歌》，至今我还保存了一本，它已经成为我那一段生活的珍贵记忆……

除了这些“少作”以外，我发表的第一篇貌似学术的文章是1984年刊载在《文史知识》杂志上的《安禄山其人》。在从那以后至今的三十多年里，我在从事编辑工作之余，从来没有停止自己的学术研究和写作。

三十多年过去了，竟也有了一些积累，出版的各种著述、注释、译作以及参与主编的各种辞书大大小小也有三十多种，其中有的自以为还有些分量，有的也只能是充数而已。回头静观，却无一不令我心生感慨，有一种莫名的激动，因为那一页页印满文字的纸上明明飘浮着属于我的岁月“浮云”……

近半年以来，我集中精力收拾这一片片“浮云”，也确实下了一点儿功夫。“文章千古事，得失寸心知。”为了编选这套“文存”，我在工作之余，把以往发表和出版过的文章收集在一起，也找出了一小部分过去没有机会与读者见面的旧作。

经过认真思考，精选出一些内容，编为六卷。踌躇再三，还是取了一个有几分张扬的书名。知我罪我，对已耳顺的我来说，只能一笑了之了。

不知为什么，在编这套“文存”的时候，我常常想起我尊敬的前辈、人民文学出版社第三任社长严文井先生的一则逸事：有人提出应该出版《严文井全集》，文井先生对人说，地球也许在某一天会毁灭，人类会提前搬到其他星球上去，搬家的时候会带走《李白全集》《杜甫全集》《红楼梦》等等，那都是经典之作，值得带走，他的书没有这个资格，既然如此，何必现在花费力气出版全集呢？我有时带着一种有趣的心态想：假如严文井老社长问我为什么要花力气编一套“文存”，我也许会顾左右而言他吧！

《管士光文存》分为六卷，大体情况如下：

第一卷是我对古代文学、文化、历史及出版工作的研究论文和文章，也有为一些辞书撰写的词条。这些词条有的还有学术价值，过去散见于各种辞书，此次收在一起，至少还有保存资料的价值吧！

第二卷是六个小册子，前三个小册子分别论述了异域文化在唐代的传播与影响、中国古代哲学史、中国古代史学史；后三个小册子是中国文史人物故事中的三种，分别介绍了苏武与李陵、唐玄宗与杨贵妃及唐代诗人岑参。

第三卷收入三部著作，分别论述了唐代边塞诗派代表人物高适和岑参的生平与创作，其中《高适评传》是我曾经提到在最后一刻失去面世机会的旧作，此次做了一点充实加工，算是“起死回生”了。我曾对盛唐的边塞诗派和山水田园诗派做过集中的探讨，翻看旧稿，感到研究的

深度还明显不够，因此此次未收入“文存”，只能留待以后继续深入研讨了。

第四、五两卷是关于李白的专题研究：第四卷由李白研究和对其名篇的赏析构成；第五卷是对李白诗全集的注释、解读，对李白作品系年、作品思想指向及艺术特点的探讨体现在对其作品的注释之中。我读研究生的方向是唐代文学，而我的研究重点又是李白及其作品，所以这部分收入的内容是我比较看重的。需要说明的是，其中也收入了刘忆萱老师的几篇文章，因为作为《李白新论》应该整体收入，也算是对刘忆萱老师的一种纪念吧。

第六卷是关于唐诗宋词的注释与品读，也反映了我对唐诗宋词中一些学术问题的探讨与思考。也许是从事编辑工作的原因吧，我过去所作中国古代作家作品的注释有十余种，此次只选了学术性较强的《李白诗集新注》和唐诗宋词的注释，算作一类著述的代表吧。

回望来时路，心中难免生出无限感慨。十年以前，我的另一本论文集《浅草集》编定后，我写下一篇《自序》，其中概述了我走过的学术道路，不妨摘抄在这里：

> 收在这个集子里的主要是我过去写的有关古典文学，特别是唐宋文学的一些论述文字，偶尔也涉及历史和哲学史的内容，所谓“文史哲不分家”是也。这些文字大多都曾在不同的刊物上发表过，这次未作大的修改，以存其真。这些文字的学术价值高低姑且不论，却是我留在人生道路上的一个个足印，他人视之平常，我则难免有敝帚自珍之感，因此，不揣浅陋，将其收拾在一起，希望不是毫无价值的“自恋”行为。

我对古典文学产生兴趣是由唐诗开始的。我印象中最早听到唐人诗句并不是在课堂上，而纯粹出于偶然。当时我还很小，也就八九岁的样子，父亲在一所部队院校工作。我去院里的一栋宿舍楼找小朋友玩，在楼道里遇到一位戴眼镜的解放军军官，他随口朗诵道“天生我材必有用”，后边还有一些句子，我记不住了，但这句诗我听懂了，也记住了，以后才知道这是唐代大诗人李白《将进酒》中的名句，而《将进酒》也就成了我最喜爱的唐诗名篇之一。

随着年龄的增长，我对文学的兴趣像野草一样滋生，似乎也没有什么特别的道理，有朋友开玩笑地帮我分析，认为这与我祖父是乡村教书先生有关，我也只能一笑而已。在那个时代，我同许多大院的孩子一样少不了参与打架和胡闹，甚至也曾参与剪掉女老师长辫子的“革命行动”。虽然因为年纪还小，只能跟在大孩子后边乱跑，但也不是一无所获，比如，我记得有一次我与几个最要好的小伙伴翻窗跳入我所上的“六一小学”的图书室，随手偷出了一些被定为“封资修”货色的书，印象最深的是其中有一本《复活》，我读了这本书，似懂非懂，但印象相当深刻，后来我来到人民文学出版社工作，才意识到这部名著是人民文学出版社出版的，心中不由隐隐地有一种莫名的亲切感。

有一位名人说过这样的话：所有评论家都是失败的诗人。我不是评论家，却可能是一个失败的诗人。在那精神匮乏的时代，我写过不少自以为是诗和散文的东西，偶尔也发表几篇，在激动和兴奋之后，对唐诗的兴趣却又日益炽烈起来。在部队当兵的三年里，一部《唐诗三百首》几乎时刻陪伴着我，在冬天早晨出操时，在夏日深夜站岗时，我都会在心中默默地背诵那些常读常新的名篇，在那紧张而单调的士兵生活中，先贤的诗句使我的精神得到了难得的滋润。

当 1978 年恢复高考后，我非常自然地要求参加高考，并报考了中文系。到大三时，我对古典文学的兴趣更浓厚了。因为视野开阔了，读的书也多了，于是有了专门研究古典文学的想法，大四时的毕业论文我

便选了探讨李白诗歌特色的题目。

之所以选定古典文学作为自己的研究方向，除了兴趣之外，主要是我当时对世事纷争心灰意冷，希望“躲进小楼成一统”，在读书求学中寻找生活的乐趣。论文题目确定以后，系里指定的指导老师是刘忆萱先生，经过刘先生的认真指导，我的毕业论文经几次修改后获得发表。不久，我又顺利成为刘忆萱先生的研究生。

在跟随刘先生学习的三年里，我不仅学到了专业知识，也更加懂得了如何做人；不仅完成了毕业论文，还与刘先生一起撰写了一些文章，后来作为《李白新论》得以出版，使我逐渐走上了学术研究的道路。

另一位老师冯其庸先生对我的指导和教诲也令我终生受用。因为刘先生年事已高，身体不太好，冯先生便对我随时加以指导。1984 年，我与李岚、徐匋、谭青等几位同学一起随冯先生做研究生毕业实习。一个多月的时间里，我们先山东，后江南，又沿长江经武汉、宜昌、万县等地而远赴蜀中，从蜀中归京途中又去了汉中、西安等地，一路上不仅结合所学专业做了实地考察，体会到“纸上得来终觉浅”的道理，更拜访了许多名家大师，使我获益极大；而冯先生不畏艰苦、一心向学的精神更是令我深受感动，至今回忆起当年的情景，仍使我不敢过于懈怠。

特别应该提起的是，我在读书期间撰写了《高适评传》一稿，正不知如何处理。一次，在校园里遇见冯先生，我冒昧地请他为我向出版社推荐，冯先生立即应允。书稿交到出版社后，编辑认为质量尚好，做了加工，准备出版，后因出版社内部人事变动，这本书终究没有出来，但我将其改写为《高适·岑参》在若干年后在杨爱群兄主持下得以出版。

这件事在冯先生看来，可能只是小事一桩，事后我也再未提起，其实心中一直不敢忘记。其他老师对我也多有帮助，借这个机会多说几句，以表达我对给予我人生推力的刘忆萱、冯其庸以及朱靖华等各位老师的衷心谢意！

我学习和研究的主要方向是唐代文学，但我的兴趣比较杂，比如，我在学习古典文学的同时，也曾打算写作历史小说，因此读了一些正史和野史，对一些历史事件和历史人物颇有兴趣，收在集子里的《安禄山其人》便是此类习作。值得一说的是，这篇文章在1984年发表在中华书局主办的《文史知识》上，对我以后的读书与研究起到了相当大的鼓励作用。

与在科研单位从事专业研究或高校从事教学工作的学者相比，我的学术道路比较简单，研究的成果也十分有限。前人总说当好一个编辑，首先要成为“杂家”，最好同时也是一位专家。每当听到这样的话，我总是会有些气馁，暗自叹气：且不说个人的能力和水平，就是工作的环境和所面对的现实，做一个“杂家”尚且极为不易，遑论“专家”呢！不过，在我们编辑这一行里，也确实出现了一些令人肃然起敬的一流学者。

比如2016年初去世的傅璇琮先生，他的《唐代诗人丛考》《唐代科举与文学》等，已经成为唐代文学研究的经典之作。近日读了李岩和刘石两位老朋友怀念傅先生的文章，心中十分感动，更生敬佩之情。

与出版行业出现的一流学者相比，我自然有一种惭愧之感，所以在“文存”出版的时候，自认为没有必要展开叙述，只是把一篇旧序抄在这里就可以了，希望得到师友和读者的理解与谅解。

当然，有些细节还可以补充，比如，父亲住院检查，我有时陪侍左右，闲谈中说到我在大学时要做学年论文，父亲和我聊天，问我准备选哪方面的内容，问我有什么打算，我说今后想从事文学创作。父亲沉吟良久，说从实际情况看，写文章比较危险，弄不好要吃大苦头，于是劝我还是研究古典文学。

当时是20世纪80年代初，“文化大革命”结束不久，人们难免心有余悸。我认为父亲的建议很有道理，也与我个人的性格暗合，觉得将来能做一个学者也很有意义，因此便选了古典文学的题目，大学毕业以后又继续读了古典文学方面的研究生。

现在想来，我一点儿也不为自己的选择后悔。就我的才智来看，选择这条研究之路，多少还会有些成果，如果选择了文学创作之路，估计早就改行了吧！从这个细节来看，我的成长也没有离开父母关注的目光，看到父母满头的白发，心中自然又生出无限感慨！

编辑，常常被称作“杂家”，能否成“家”自有公论，但一般都有“杂”的特点。说到我的兴趣比较杂，从“文存”中可以看出来，这也许正符合编辑工作的需要。

我的研究和写作对我的工作也很有帮助，但涉及的内容相对比较广泛，论述得往往不够深入，也反映了我作为编辑的一个特点，有些课题是我感兴趣的，也下了些功夫；有些内容，则仅仅是因为工作需要，难免浅尝辄止，尚未深入。

总之，还有许多问题值得继续研究。学无止境，真乃人生之至乐也！我在《管士光作品集·编后记》说的话，再说数遍仍然切合我的心境，我已设想了几个有意思的题目，想在今后的岁月中投入钻研，让生命更有意义……

那三届

郭宪纲

中国国际问题研究院研究员。1982 年毕业于山西大学，获历史学学士学位；1988 年毕业于复旦大学，获历史学硕士学位。1988 年入中国国际问题研究所。1994 年至 1998 年在我国驻伊朗大使馆工作。2000 年在美国加州大学伯克利分校作访问学者。研究领域涉及美国对外关系、美国中东政策、中美关系等。

//

拨乱反正，恢复高考的作用应排第一

知识改变命运是我的信念

我是 1968 届初中生，“文化大革命”开始时，我刚上完初一，之后就完全停课。到 1968 年，学校给了个毕业证。1969 年 5 月 4 日，五四青年节那天，我就去了农村插队。

我插队的村子在山西省阳泉市郊区，属于太行山山区。那里的自然条件比较差，最关键的问题是没有水。没有常年流的河水，打井也打不出水来，老百姓只能吃水窖里存的雨水。到了春天，水窖里的水也很少了，我们每天早晨的洗脸水不能倒掉，要等晚上继续洗完脸、洗完脚才能倒。

我插队的地方，和张艺谋电影《老井》里的村子一样，都属于太行山山区，有同样的地貌。插队一年多的时候，就像《老井》里演的那样，村里请来城里的机井队，找到水脉打了井，把水引到村里。来水那天，很干净的自来水哗哗地流出来了，大概是这个村子有史以来最喜庆的一天。

干农活我倒觉得还不算累，因为在农田里，空气好，农活也不是重复一种动作，有播种、收割、施肥等等，全身各个地方都能运动到，所以我在插队两年八个月的期间里没有生过病。

农村当时的苦主要是吃不饱，村里没有种油料作物，也不会给你分油。国家规定给知识青年一个人一个月一两油，但这一两油不够吃，只能吃粮食和蔬菜，肚子里没油水，老觉得饿。

我插队的这村和别的村不一样，它有个耐火砖厂，一年收入是40万，所以这个村的工分值很多钱。而整个农业地里庄稼、蔬菜的年收入才两万，是零头。我一个月的工分能挣差不多四十块钱，还要给家里寄钱回去。由于“文化大革命”，我的父母也被赶回了农村老家。我老家特别穷，我父亲、母亲、弟弟、妹妹，他们四个人全年都在地里劳动，挣的钱也没有我一个人在插队的村里挣得多。

山西是工业省份，城市里的工作岗位需要人手。我插队两年八个月以后，城里把阳泉郊区的知青全部抽调回去，我也就跟着回城了。回城后，我进入阳泉铁路工作，那就是我父亲原来工作过的单位。

我的同学刚开始当装卸工，但很快就换了其他工种，只有我在这个工种干了三年半。因为我父亲在“文化大革命”中受迫害，被开除了党籍，组织认为我是家庭有问题的人，能有这样的工作就不错了。一直到1975年，邓小平复出整顿，我才当上车工，又干了三年多，一直到考上大学。

装卸工这个工种比插队要苦得多，比如要卸的一麻包袋盐，就是二百斤。特别是卸煤之后，三四天内吐出来的痰都是黑的。

当时中国人还实行土葬，一些人在外地去世，要运回老家安葬，所以铁路运送的货物中有一项叫灵柩，就是死人。灵柩要集中到一个车里运回来，到了晚上，一打开车厢，里头有五六口棺材。根据当时的风俗，棺材运回去，要在棺材头上放个笼子，笼子里放一只活公鸡。长途运输，车厢里气味可想而知。这些活又苦又脏，我都干过，所以老辈人都把装卸工叫作“虎狼营生”，说这不是人干的活。

我父亲是地下党员，他在“文化大革命”中也受到冲击，被开除党籍，赶回农村。从家庭背景来讲，我受的压力非常大，但是我不悲观。同时，“文化大革命”期间，很多书都给烧掉了，能看到的书和报纸很少，但是我对中国的未来充满信心。我想，社会不会永远这么乱下去，总有一天会走向正轨、需要知识的。因此我在插队的时候就开始自学，自学也是为未来做准备。

插队时，我看得最多的就是中国书，比如四大名著、《封神演义》。因为很多农民没有烧书，仍然保存着，我就到老乡家去借书看。另外，插队的村里有个小学，小学里居然有一份《参考消息》。《参考消息》是内部刊物，老师们看完《参考消息》就把它放在小学的门房里。我每天晚上劳动完回来，吃完饭就上门房去看。《参考消息》有四版，介绍世界各地的政治、经济、文化，内容挺丰富，所有文章我都认认真真地读了，包括犄角旮旯里的。可以说，《参考消息》拓展了我的知识面，也影响了我日后的职业选择。

在当工人的七年中，我除了继续看《参考消息》以外，粉碎“四人帮”后，我还订了一份《文汇报》，并开始自学理工科的课程。因为插队前我只学了初一的知识，数学就学了代数，连平面几何都没学，物理、化学也没学。我想尽办法向高中生借“文化大革命”前的教材，因为“文化大革命”前的教材编排的科学性很好，“文化大革命”期间编的教材不行。

“文化大革命”前，我父亲也一直鼓励我们兄妹三个，说你们将来一定要考大学，我一定会供你们读书，只要你们考得上。所以在“文化大革命”前，上大学就是我的梦想。虽然等到恢复高考，我父亲已经过世了，但我一直在自学。

而且，我相信在任何一个社会，任何一个时代，没有知识是不行的。知识改变命运，这是我的信念，这个信念在支撑着我去读书。当装卸工的时候，没有活，工人们就在工棚里待着，打牌、下象棋，只有我一个人在旁边读书。工友们就跟我开玩笑说，你想干什么呀？想当物理学家，还是当数学家？我说，你们玩你们的，我自己看书解解闷。

这辈子还能上大学

那是一次出差时，在火车上，单位技术员偶然说了句，听说要恢复高考。大概是在1977年的9月或10月，我第一次听到了这个小道消息，那时报纸还没有正式公布。出差回来，过了半个月，恢复高考的消息正式公布了，我就去报考。

1977年12月考试，我报考的是理科。因为“文化大革命”刚刚结束，国家要建设“四个现代化”，我认为“四个现代化”建设要靠理工科，而文科在“文化大革命”中都被搞臭了。虽然我从小学到初中，文科、理科都不错，但是理科要稍微弱一些。另外，理科我也只自学完了高一的数学和初中的物理，高二、高三的数学没学，高中的物理、化学也没学，基础还是不行。我抱着试一试的态度报考了理科，结果1977年没有被录取。

1978年的高考和1977年的高考就差七个月。我最初还是打算考理科，计划两个月用来复习数学，两个月复习物理，两个月复习化学，一个月复习语文、政治。结果我把初中、高中的数学捋了一遍，就用了四个月。这时有个朋友对我说，你还是改考文科吧。如果你今年还考不上，将来国家政策对社会青年报考大学如果有变，你就没有机会上大学了。

我一想，他说的有道理，而且剩下三个月复习物理、化学根本来不及。我从小就喜欢读书，插队时和当工人期间，还一直在读历史、人物传记等。我当工人时，单位有个图书馆，我就去找书、借书，看到一本《蔡特金传》。蔡特金是德国女革命家，这本书不光写蔡特金，也涉及其他人物。融会贯通，看得多了以后对整个历史、社会了解得就多。

于是我决定弃理从文，1978 年高考我就报考了文科。文科就考得很轻松，阳泉市是山西省的第三大城市，分为三个区，城区、矿区和郊区，我在城区的文科排名中是第三名，数学考了 54 分，没有及格，但是在文科中也算是高分。

遇到一些难题，我会向原先的数学老师请教一下。文科的我就自己看了，当时社会上有一些油印的政治复习资料，我也找来看一看，没有到学校去参加复习班。因为当时其他人不考，我只好孤军奋战，一边工作一边复习。

我当时挺兴奋的，一点不觉得累，也不觉得苦，觉得这是一个天赐良机。“文化大革命”中，我也很想上大学，但那时实行推荐制，父亲成了“有问题”的人，我根本没有任何被推荐的机会。当时我觉得，这辈子可能上不了大学了。所以当高考的消息传来时，我是非常兴奋的，我觉得我有能力抓住这个机会。在复习的时候动力十足、信心十足，一点不觉得累，只觉得是一种享受。

我当时想，今年考不上，明年还要考。我的计划是三年考上，但弃理从文后，一下就成功了。

考场是在阳泉市的下站小学。考数学那天，有道题是平面几何，14 分，这道题我一下就做上来了。但是全考场二十多个人，其他人都做不上来，监考的小学老师也不会做，有个老师就在旁边看，交卷子后还让我给他讲讲。

当时出的题比较灵活，有道历史题，让列举出周恩来总理亲自参与的十件大事。答上一件大事得两分，如果平时知识面广，人物传记读得多，知道的就多，比如说南昌起义、广州起义、在上海领导三次工人武装起义、解决西安事变、重庆谈判、万隆会议等。十件大事我答上来了八九件，印象特别深。

地理有道题我印象也很深，这道题让我们来判断一个人从布宜诺斯艾利斯走到基多，再从基多走到华盛顿，不同时间各地的节气，还得说明为什么会有这种变化。这就得运用黄赤交角的原理，来说明春夏秋冬形成的道理。我过去也不懂，还以为季节变化是太阳有时候绕得离地球近一点，有时候远一点造成的。当装卸工的时候自学，有天来了一批货，都是收购站收购的废书、废报纸，我就打开找书，找到一本很破旧的《自然地理》，这本书一开始就讲春夏秋冬形成的原理，我一下就豁然开朗了。没想到，考地理的时候居然还遇到一道与此有关的题。所以那年地理是我各门课里考得最高的科目，满分 100 分，我考了 85 分。

当时考五门课，历史、地理、语文、政治我都觉得没什么难的，只不过答得全不全而已。数学一共七道题，文科的学生只做前五道题，理工科的学生七道题都要做。我幸亏是弃理从文了，这五道题我就做出了前面三道，一个小时就都答完了。第四道题和第五道题考三角函数，我怎么都做不上来，无论怎么看、怎么试，都找不到途径来做，差不多两个小时，就干坐在那。后面两道大题都是一道题 20 分，前面 60 分的题做完，我得了 54 分。但我文科的科目都在 60 分以上。

1978 年我考上大学以后，政审时遇到了点麻烦。山西省阳泉市城区教育局一位女同志给我打电话，说单位给你写的政审材料，家庭出身有点问题。我父亲原本是贫农，“文化大革命”中，造反派诬陷他，说家庭出身应该填中农，意思就是我父亲隐瞒成分，这也是个罪过。但是我很冤，我一直按父亲说的，家庭出身填贫农。所以我们单位政审材料这样写：父亲的家庭出身是中农，但我一直填贫农。意思就是我隐瞒成分了。

我就去找，单位负责人说，这是我们到你父亲的单位外调时，他们这么说的。我又找到父亲的单位，我说，“文化大革命”都结束两年了，你们还这样，你们到底想干什么？他们说，这没什么，中农、贫农都是好的。我说，你这么写就意味着我隐瞒成分，我父亲的问题都快解决了，你们还这么干。最后我让他们给原单位打电话，才把政审材料又改过来，如果不改，等于隐瞒成分，政治上挺严重的。

上学与择业

第一印象是大学的硬件条件比较差，图书馆的书也不多，去借书时很多书找不到，没有我想象的那样好，当然现在条件都改善了。软件条件还行，给我印象最深的就是，77、78 级学生入学以后，学校的学习氛围特别浓厚，大部分同学都很珍惜这个来之不易的机会。早晨我们都在朗读英语、背单词，下午下了课也在校园里背单词，这给我印象特别深。

大学由这几个部分组成：教室、寝室、食堂、图书馆，但给我印象最深的并不是这些场合，而是在操场。到了晚上，大家会在操场散步、跑步，甚至冬天下雪后会在操场打打雪仗，玩一玩。学习了一天，换换脑子，同学们三三两两地到操场去，这些情景不知道为什么在我脑海里印象特别深。

当时学校里面有自由讨论或者是辩论的风气，比如上哲学课的时候，有一次老师要求大家就一些问题展开辩论，有的同学就对“文化大革命”有不同的观点，当时还争得面红耳赤。

大学的学习气氛比现在要浓。当下的中国，改革开放以后，物质大大丰富起来，但是社会浮躁病也显得非常严重，人们急功近利，很多人向金钱看齐，在大学里不好好学习，走歪门邪道，拉关系，这些在我们读大学的时候是很罕见的。

我在山西大学毕业后就留校了，在历史系做了三年助教。三年后，我考到了复旦，研究生毕业后，复旦大学要我留校，可我当时有个当外交官的梦想，就婉言谢绝了复旦大学的好意，来北京自己找工作。

我找到外交部，外交部干部司的同志对我说，部里现在有些专业，比如条法司、国际司需要法律方面高学历的博士、硕士，但其他专业不需要硕士，本科生就够了。你到直属外交部的中国国际问题研究院看看，那里需要高学历的人。于是我就到中国国际问题研究院找工作，介绍了我的情况，人事处处长说，你过几个月来参加考试吧。这样我就在中国国际问题研究院，一直做到现在。外交官的梦也实现了，我在中国驻伊朗使馆工作过四年，做一等秘书，回来后又继续做研究。

恢复高考改变了命运

恢复高考对我个人来说，无疑是改变了我的命运，使我能够从事感兴趣的工作。对国家和社会来说，意义就更大了。“文化大革命”十年，中国的人才出现了断层。知识分子成了“臭老九”，一般人都不学习。你读书，人们就说是走“白专道路”。1977 年邓小平主持科学和教育工作，提出要恢复高考。还有些教育部的同志认为今年来不及了，说明年再恢复吧。邓小平说，一刻都不能等，中国的教育工作已经耽误了十年，不能再耽误第十一年，现在是分秒必争。所以 1977 年高考恢复后是 12 月份考试，因为时间来不及。

恢复高考，结束了过去十年中靠推荐上大学的制度，就像接上了中断的链条，使中国的人才培养走上了正规的机制。更重要的是，人们转变了对知识和知识分子的看法，认识到追求知识是正确的，不是走“白专道路”。同时，知识分子地位也提升了，从“臭老九”真正地变得受人尊重。

我个人认为，粉碎“四人帮”以后，对于中国拨乱反正来说，恢复高考的作用应该排第一位。像农村承包责任制固然也很重要，但那只是在生产中的改革。如果高考不恢复，中国的人才断层延续下去，就算制度设计得再好，也难以达到预期的效果。

中国的高考恢复 40 年了，中国的教育制度也遇到了一些问题，现在人们议论应试教育，孩子们“高分低能”等。但我个人认为，任何一种教育制度都是有利也有弊的。中国高考制度的利在于，给了人们一个相对公平的机会，如果取消高考制度，靠推荐或者别的方式来选择学生，那么它的不公平性就更大了。再有，高考培养出的学生也不都是“高分低能”，也培养了很多人才。

当然，高考制度确实需要调整，需要改革。我们现在的中学生，甚至从小学开始，就在为高考做准备，课程越来越重，作业越来越多，书包越来越大，这是我觉得需要改革的地方。减少中学生的负担势在必行，但不是说把高考制度推翻。

那三届

海闻

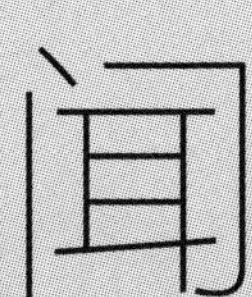

1982年本科毕业于北京大学经济系，1991年获美国加利福尼亚大学（戴维斯）经济学博士学位。现任北京大学校务委员会副主任，北京大学汇丰商学院院长，北京大学经济学教授、博士生导师，原北京大学副校长、原北京大学深圳研究生院院长。主要著作有《国际贸易：理论·政策·实践》《管理中的经济学》《中国乡镇企业研究》《国际贸易和投资：增长与福利，冲突与合作》等。

//

从北大荒到北大到北加州

1984年，我在美国加州大学。有一天经过一片田野，正值夏天，北加州大片的麦田延伸到天空的尽头，风正好，蓝天白云，一切和虎林多么相似。

黑龙江虎林是我下乡的地方。七年前，我还在虎林公社中学教书；七年后，我已在加州的戴维斯分校攻读经济学博士了。如梦的人生，不可思议。

1977年距今已41年，从虎林到北加州，出国又回国，我的人生轨迹随着时代的洪流愈加广阔:“文化大革命”的中学生、插队知青、恢复高考后的北大经济系首届学生、北大自费留学第一人、中国留美经济学会会长、美国大学终身教授、中国经济研究中心创办人、北大副校长、汇丰商学院院长。

我曾将电视剧《历史转折中的邓小平》中有关“高考”的内容下载，不时看一看。还是觉得像做梦一样。高考是改变命运的里程碑！

“成绩而不是出身成为重要的录取标准”

去北大读书前，我在黑龙江插队九年，将青春献给了北大荒。

1969 年 3 月，我和几十位同学从老家杭州奔赴黑龙江省虎林县。我们都是热血青年，要去就去最艰苦的地方。而距离虎林 100 多公里就是正在“交火”的珍宝岛，我们要去屯垦戍边！

当时南方已初春新绿，东北大地仍万里冰封。拖拉机拉着我们三十几个十六七岁的“革命小将”，突、突、突地驶过结冰的河面，留下一路欢声笑语。

但理想激情很快遭遇现实环境的冲击。

拖拉机把我们拉到一个叫红卫公社前卫大队的村子。村民因整个冬天没法洗澡，身上长满了虱子，厚棉衣脏黑得发亮。村子里也没有电，煤油灯冒出的黑烟蹿得老高，第二天起床，鼻孔里两道黑印。

我们很快投入到劳动中。自带着玉米饼、大蒜等干粮，要到十里外的地方修水利、造排灌站。零下三四十度，撬开冻土，沟渠的水溅到裤子上，立刻结成冰。冰越结越厚，最后裤腿变得硬邦邦，走路吱吱作响；夏天收麦子、秋天收大豆，风干的豆秸刀片一样锋利，双手去拔，手臂和手掌都是伤口和水泡。

日出而作，日落而息。我们成了真正的农民，学会了抽烟、喝酒，有时喝“北大荒酒”，有时喝“完达山酒”。喝着喝着，有人唱起来，之后开始呜呜大哭。

1969 年到 1978 年，17 岁到 26 岁，我最好的青春时光献给了北大荒。这九年间，我从未停止继续上学的渴望，但“黑五类”出身的身份成为无法逾越的障碍——中华人民共和国成立前，爸爸是金陵大学学生，抗日战争时曾参加中国远征军，1957 年又戴上了“右派”的帽子，在“文化大革命”中不断被关押批斗。我家还有海外关系，舅舅、姨妈都在美国生活。

下乡时，我是领队，读书时学习成绩好，劳动时能挣得最高工分14分。几次我被公社选中去县里、省里参加学习毛主席著作先进知识分子活动，但因家庭关系，还未动身就已被否。

上大学也一样。最初生产队鉴于我的表现推荐我上大学，当工农兵学员，但还是卡在了公社。后来几年公社同意了，又卡在了县里。最后县里同意了，学校政审过不了。因为家庭关系，还是拒绝录取我。

我早已习惯了身份带来的挫折——小学毕业时，我在班里成绩名列前茅，仍然未考上普通中学而上了一个民办学校。其实我是考上重点中学杭一中的，但因政审而被“除名”。

九年间，我目送着一波又一波的知青朋友被推荐去读大学，心中不免委屈和失落。1977年，恢复高考的消息传来时，我特别兴奋——成绩成为重要的录取标准，而不再主要看家庭关系，我终于等到了这样一个机会！

从北大荒到北大

北大是我的第一志愿——之前我因为政治原因读不了大学，这次我有点想争口气，想证明自己能够考上最好的大学！

1977年，我已经在公社中学担任副校长，但仍然是拿工分的民办教师。学校的不少知青老师也报名参加高考。为了不耽误工作，我们约定白天正常上课，晚上复习。我去买了一大捆蜡烛，按照制定的计划夜夜挑灯。

确定恢复高考到正式高考，只有一个月时间。入学后，我才知道，挑灯夜战几乎是我们所有人共同的高考经历。

在考生们紧张备考的一个月中，我已经进行了“第一轮”的高考。

“文化大革命”十年，北大荒知青云集。据说，1977 年黑龙江省有近 200 万人报名参加大中专考试，但全国高校在黑龙江地区仅招生 1 万人。

11 月底，黑龙江省的“第一轮”高考在各个公社举行，最终筛选出 5 万人参加正式高考。我是这 5 万人之一。

12 月底，正式参加高考。我的考场在县城里的虎林二中。天不亮我就出发了，路两边茫茫大地上见不到一个村庄。东北的冬天极冷，走进考场时已经冻蒙了，我机械地搓着双手，好一会儿才暖和过来。

考完最后一门是 12 月 25 号。走出考场，我听见中央人民广播电台的播报：“到今天为止，全国高考正式结束！”我的内心洋溢着平静的自信——北京大学、南京大学、吉林大学、哈尔滨师范、牡丹江师范，这五个志愿录取一个肯定没问题！

高考后不到一月，我正在老家杭州过年，收到了公社领导的电报：“祝贺你考进北京大学！”全家兴奋极了。谁能想到我们这样家庭背景的孩子可以考上北大，妈妈和祖母高兴得流下了眼泪！

最激动的还是爸爸。看着电报，一向不苟言笑的他突然张开双臂、紧紧抱住我，声音颤抖：“祝贺你！”

人生、命运、鲤鱼跳龙门，我当时没有想到这些宏大的词汇。但直到后来的漫长光阴中，我才慢慢体会到考进北大之于我的意义。

北大改变了“我”

我在北大读的是政治经济学专业。事实上，这并非我的主动选择。

我的第一志愿是图书馆学，第二志愿是中文系古典文献学。当时仅从字面理解，以为这两个专业可以看很多书。后来被调到政治经济学专

业，我当时仍然满腹疑问：何为经济学、政治经济学又是做什么的？

北大经济学大师云集。系主任陈岱老（我们习惯了如此尊称陈岱孙先生）是 1926 年的哈佛大学博士，当时他已经 78 岁高龄。陈岱老博学广识，授课没有一句废话，但语言风趣幽默；厉以宁老师严谨坦率，当时课堂上流行对话形式教学——学生提问，老师回答。有时有学生提出问题，厉以宁老师并不直接回答，坦率地表示不清楚或者要回去思考后再回答。

当时，不少教材仍沿用“文化大革命”时的版本，英语课本中仍然充满着“革命语言”，但一些变化也在发生，大学前两年我们仍然学习马克思主义政治经济学，大三的教材则开始出现美国经济学家保罗·萨缪尔森的《经济学》等西方专著。

校园的高墙之外，意识形态开始松动。1978 年春，时任安徽省委书记的万里在安徽掀起“包产到户”的农村改革，并很快“燎原”到各地。1979 年元旦，《人民日报》发表社论《把主要精力集中到生产建设上来》。

过去的以阶级斗争为纲开始转向务实，轰轰烈烈的 80 年代改革拉开序幕。

围绕着改革和发展，我们北京大学首届政治经济学专业的学生被翻天覆地的变化刺激着，心境随之剧烈变动。同学们热切讨论着：人民公社要不要改革、家庭联产承包是进步还是倒退？过去我们被教育认为资本家剥削工人，到底允不允许搞私人企业？企业是否应该追求利润？

在来北大读书前，我在封闭保守的农村待了九年。这些思想的解放和碰撞，让我对整个社会、经济体制有了不一样的认识。

北大改变了“我”。经过北大四年的熏陶，我的知识结构和眼界发生了变化，自信和勇气被打开，人生得以重塑。

北大自费出国第一人

在北大，我不再害怕任何事情，敢于探索和实践。

大学时，著名经济学家孙冶方先生曾来学校讲座。孙冶方先生认为，中国的很多问题是封建残余而非资本主义的问题，五四运动提倡的民主科学的任务直到 20 世纪 70 年代仍没有完成。一种完全不同于以前看待中国的角度，我的脑子如同闪过一道闪电！

当时中美已经建交，芝加哥大学经济系教授、诺贝尔奖获得者舒尔茨访问北大，也有外国老师开始给我们授课。我为一些遥远的东西莫名激动着，想要去看看外部更大的世界——我想亲身体验和观察，去看看到底什么是发达国家、什么是现代化，美国的经济政策和市场机制是怎样的？

我从大三开始为出国做准备。十年“文化大革命”刚过，北大基本上没有留学资料。北京图书馆的资料陈旧，但好歹可以查询到美国一些大学的地址。我骑着自行车往返于学校与北图，抄写下资料，一封封信投向美国。

对于我出国的渴望，陈岱老和厉以宁老师都很支持。陈岱老曾在美国求学七年，厉以宁老师研究西方经济学，他们两人都希望我们能够出去学习更多理论、对发达国家有更实际的了解。在我申请出国的过程中，陈岱老给了我很多重要建议，厉以宁老师则找来英文书籍帮我一点点核查对应的美国课程名称的正确翻译。

大四下半年，我收到了美国加州长滩州立大学的录取通知书，成为恢复高考后北大自费出国第一人。一两年后，我们班一半以上的人陆续走出国门。我们宿舍七个人，六人在国外拿到了博士学位。

高考把我们从旧体制中“解放”出来

在美国读书期间，我们一直关注着中国的经济改革。

1992 年春天，邓小平在视察南方期间提出：“要抓紧有利时机，加快改革步伐。”1993 年，十四届三中全会明确提出要建立社会主义市场经济体制，中国启动全面改革。

我和易纲意识到，中国要进行更深层次的改革了！ 1994 年，易纲和我双双放弃美国大学终身教职先后回国。

在我们回国前后，我们班大部分的同学也都选择了回来。我们这一代人对国家有着一种梦和责任，希望能够为国家做事。在读完博士学位后，我和易纲就一直等待着回国的机会。

1994 年，林毅夫、易纲、我、张维迎等在北京大学创立了中国经济研究中心，希望推动中国的经济改革和经济学教学研究。20 多年间，中国经济研究中心变成了国家发展研究院，成为国家级的智库，以自己的研究和实践为中国的改革和发展建言献策。

如今，恢复高考已经 40 年了。在给学生讲课，回忆往事时，我还时常会想起高考前后的人生——如果没有高考，我们在做什么，会有怎样的人生？

1977 年的高考把我们这些人从旧体制中“解放”了出来。那年没有年龄限制，政审也放到了次要位置，这种空前的改革力度把被“文化大革命”耽误了 12 年的人都解放了。在这个意义上，我认为，真正的改革开放始于 1977 年的高考。

从国家意义上，在“文化大革命”后的人才断层危机中，77 级的 27 万人承担起了推动国家建设和发展的重任，成为不可替代的中流砥柱。

40 年过去了，我们班的同学各自有了新的发展路径：我、林双林、黄少敏在国外获得博士学位并在美国任教多年后回国教书；刘伟毕业后留校，现任中国人民大学校长；张炜获得牛津大学博士学位，从事对中国经济的研究；于华获得鲁汶大学博士，现任摩根士丹利华鑫董事长；金立佐是牛津大学博士，回国参与了筹建中金公司的工作；易纲、毕井泉、丘小雄、张晓强等进入政府部门，分别担任或担任过央行副行长、国家食品药品监督管理总局局长、国家税务总局副局长、国家发改委副主任等。高考和北大带给我们不一般的机遇和际遇。

感谢命运，40 年前的高考决定了今天——没有遗憾。

那三届

何勤华

1982 年获北京大学法学学士学位，1984 年获华东政法学院法学硕士学位，1998 年获北京大学法学博士学位。2007 年 3 月至 2015 年 6 月任华东政法大学校长。兼任中国法学会常务理事、全国外国法制史研究会会长、中华司法研究会副会长。入选国家“百千万”人才工程，获得中国十大杰出中青年法学家、全国优秀留学回国人员、国家级教学名师等荣誉称号，以及全国法学教材与科研成果奖二等奖、国家级教学成果二等奖等奖项。1992 年起享受国务院政府特殊津贴。主要研究领域为法律史学，主持《法律文明史》等国家级、省部级科研项目，出版《日本破产法》等著作 100 多部，发表论文 180 余篇。

追法治梦想　行法治之路

1977 年恢复高考时，我正好在上海市川沙县（现为浦东新区）下属虹桥人民公社（现并入唐镇镇）担任团委书记。那时，虽然“四人帮”已经被粉碎，但国家的整个政治环境还是比较“左”，制度和思想也比较僵化。我们生活在农村的青年，信息不是太灵通。

在夏天时，听说仍然以“推荐”方式招收工农兵大学生。一直到 10 月中旬，才突然接到上面通知，说今年的招生政策发生重大变化，要恢复“文化大革命”之前的高考制度，并且马上就要进行。当时大家一片欢欣鼓舞。

接到上级通知后，我们乡里的几所中学就紧急动员起来，许多老师不计报酬，加班加点，利用周末和晚上业余时间帮助愿意报名参加高考的年轻人补习语、政、史、数、理、化基础知识。有些老师已经退休了，此时也出来参加补习和辅导。因为大家盼望这一天的到来已经太久了。

就我而言，由于担任乡团委书记，因此一方面有许多会议和政治学习任务，许多时候无法请假去参加辅导；另一方面，我户口还在生产队，不吃商品粮，也不算事业单位编制，还是农民身份，所以一年中被要求参加农业劳动 160 天以上。

虽然如此，我还是尽一切可能去参加补习，有些题目在后来的考试中还遇到了，得了不少分。所以我至今感激乡里几所中学中那些为我们补课的无私的老师。

1977 年的高考是各个省、市、自治区自己命题的。不考外语，语文中有一段古文点校翻译，但不计入总分。当年 10 月下旬报名以后，12 月 11 日考数学和政治，12 日考历史、地理和语文。当时考场都设在县里，所以我们考试也都是赶上十几里路到县里。

我第一天上午的数学考得不好，大部分题目都做不出来。下午的政治因为都是平时政治学习中接触的，所以考得还不错。第二天的历史、地理都反复背过，所以也考得很好；到下午考语文时，前面是 10 分的 4 道“改错”题，不是很难。后面 90 分是可以选择的两道政论文题：第一道题是“在抓纲治国的日子里——记先进人物二三事”，第二道题是“知识越多越反动吗？”我毫不犹豫地选了第二题，因为我对此感触太深了。

后来入学后，班主任告诉我，我的数学只有 28 分，全靠其他几门课的高分，才把总分给拉上去了。

我当时第一志愿报的是复旦大学哲学系，第二志愿是华东师范大学中文系。当年北大来上海招生最初没有法律专业，后来追加了两个名额，我才转过来的。

我们班的其他同学如武树臣、陈兴良、李克强、张恒山等，第一志愿也都没有报法律专业。因为那是一个特殊的时代，不仅考试情况和报考专业等与现在有很大不同，而且由于“文化大革命”彻底否定、摧毁了法治，所以年轻人包括整个社会都不重视法律，不知法律为何物。

1977 年虽然有 3 所大学的法律系即北京大学法律系、吉林大学法律系和湖北财经学院法律系恢复招收法律本科生，但总人数只有193人，即北大法律系83人（不分班）、吉大法律系60人、湖北财经法律系50人。

北大法律系当时在学校各系中是最弱小的，与图书馆系差不多，和今日法学院的巨大规模是无法相比的。

记得是1978年2月28日，我和同学们怀着憧憬与梦想，从祖国的四面八方来到了中国最著名的北京大学，度过了人生历程中最美好的一段时光。

北京大学法律系77级，是一个富有感情的班级，也是一个充满友谊的集体，也可能是中国历史上大学中最大的班，共有83位同学。4年学习中，长期担任班支部书记的林以翠（因为这个名字太像女士的名字了，陪同领导一起出差实在是不方便，故后来在领导的要求下，改名林栋梁，取国家之栋梁之意）、班长刘和海（当时来读书时，已经有了3个儿子。班里还有一位有3个儿子的同学是冯殿美）、学习委员傅长禄、生活委员赵国玲，有聪明绝伦、风流倜傥的谢思敏，谢维宪、刘凤鸣、陶景洲、杜春、赵汝琨、李洪海、徐杰等，有江南才子陈兴良，有“江苏二顾”顾功耘、顾雪挺，有侃大山超人、给大家带来无穷欢乐的从培国，有苦行僧姜明安，有边走路边背英语的李克强，有运动健将兰晓梅、刘德权，有公安局长袁塞路，有学习4年练了4年武术的张恒山，有关心同学细致周到的李华云、牛嘉，有每周必给女友写一封情书的丘征元，有喜结连理、相亲相爱、终生不渝的王志勇、李俊玲夫妇，有班级的小妹妹、当时才17岁的宋健，有外慧内秀、形象美的严冶，翟建萍、苏岩，还有当时男生在私下里都公认的长得最美的“漂亮姐”王燕等。

我们这一届是国家恢复高考、恢复建设的受益者。1977年高考，不但使27万学子彻底改变了命运，更使尊重知识、尊重人才成为社会新风尚，从而在整个神州大地掀起了学知识、学文化的热潮。回头看，我的感悟是：无论身在何处，一定不要忘记自己的理想，不要放弃追求和努力，我坚信，知识可以改变个人命运；还有个感悟就是，个人的命运与国家的命运紧密相连。如果不粉碎“四人帮”，不结束十年“文化大革命”，不恢复高考制度，我自己再怎么读书、自学，也没用。我可能会在某方面有点成就，但参与到国家的学术和法治建设中是不可能的。

因此，作为年轻学子，必须要密切关注、热情参与国家的发展进程。而国家的发展，最重要的就是发扬民主，加强法治。要使我们的法律制度不因领导人的改变而改变，不因领导人的注意力和想法的改变而改变。

我们 77 级也是国家的法治建设、经济建设等事业发展的见证者与建设者。“有法可依、有法必依、执法必严、违法必究”——1978 年党的十一届三中全会的这些话语成为我们这一代法律人追求的梦想。良法之治，切实保障公民的基本权利，限制公权力的滥用，追求社会的公平正义，这些法治的基本内涵的逐步展开和最终实现，就是我们每一个公民，尤其是法律人的梦想和坚守。

那三届

胡建华

博士，1952 年生于北京。蒙古族，祖姓阿鲁特，属镶黄旗。曾在工厂当过钳工，后在北京市东城区建国门街道办事处工作。1978 年考入北京大学分校攻读中文和法律。后又到中南大学深造，获博士学位。1984 年调入中央组织部，先后在宣教干部局、干部教育局（知识分子工作办公室）、人才工作局等部门任职，从事干部考察、干部培训、专题调研、政策起草和人才发展规划制定等工作。

那一年，我参加高考

时光飞逝，弹指一挥。从 1977 年恢复高考制度，到现在已经过去整整40年了。记得小的时候，老人们有时会讲起他们40年前经历的事，也就是清末民初的事情，我听了之后，总感觉那是多么遥远的事啊！如今，我要说起当年高考的事情，现在的年轻人一定也会有恍如隔世的感觉。

回忆起 40 年前的事，一些细节依然历历在目。1977 年 10 月的一天，中央广播电台和报纸正式发布了国务院批准恢复高考的消息。说实在的，我当时并没有像有些人描述的那样如鱼得水、欣喜若狂。当年，我在北京市东城区建国门街道革委会工作，是一名基层干部。整个机关与我年龄相仿的人，几乎都是这种看法：认为这是为在校学生提供了一个升学的机会，不必先下乡锻炼再分配工作。与我们这些早已毕业并工作多年的人，关系不太大。

当时，我也曾产生过报名高考的想法，但仅仅是一闪念而已。我深深知道，自己只是个 1968 届初中生，而且仅读了一年中学，就停课闹革命了，充其量也就是小学文化水平。况且还有一个多月时间就要考试，连补课复习都来不及了。就这水平，你还想考大学，做梦吧！

后来，我的一些在东北建设兵团和陕西农村插队的同学来信说，他们准备参加高考，以此来改变自己的命运，并鼓励我也试一试。最后，我也被说动心了，决定试一把，检验一下自己的水平。心想，反正考不上也没什么丢人的。

我费了好大的功夫，克服了自己心理上的自卑，决定参加高考。但万万没想到，单位领导给我的答复是：不同意。我一下子就蒙了。按照当时的规定，凡年龄超过 25 岁，有工作单位的，必须持单位同意参加高考的行政介绍信，方可报名。我找到单位一把手询问，为什么不批准我参加高考？领导说，你干得好好的，干吗要考大学离开这儿？我说，我只想试一试，没别的想法。领导打断了我的解释，十分严肃地说，你就是不安心工作，全机关那么多年轻人，只有你一个人提出这个想法。明确告诉你，我们研究过了：不批准。

领导把话说绝了，我一点儿回旋余地都没有，那也只好认命了。当时，的确只想试一把，并没有抱多大希望。所以，也没有进一步说服领导同意。反而在心里安慰自己，不让报名就不考了，反正也考不上。

不过，接下来的事却出乎我的意料。有关领导认为我要上大学，就是不安心工作，于是派我到五七干校劳动锻炼。经历过“文化大革命”的人都清楚五七干校是怎么回事。1968 年 5 月 7 日，黑龙江省在纪念毛泽东的“五七”指示发表两周年时，把大批机关干部下放劳动，在庆安县柳河开办了一所农场，定名为五七干校。10 月 5 日，《人民日报》在《柳河“五七”干校为机关革命化提供了新的经验》一文编者按中，引述了毛泽东的有关指示：“广大干部下放劳动，这对干部是一种重新学习的极好机会。”此后，全国各地的党政机关都纷纷响应，在农村办起五七干校，对干部和知识分子进行劳动改造、思想教育。

接到通知，我二话没说，扛起行李就去五七干校报到。当时我有点儿跟领导赌气，正想换个环境，调整一下情绪。东城区五七干校位于朝阳区北部的来广营公社辖区内，大约在北五环和北六环之间。现在随着城区扩大，交通越来越发达，很多人会觉得离城里不太远。但在40年前，要到五环以外，坐车大概需要半天时间。五七干校的环境，完全是一个封闭状态，实行半军事化管理，起床、吃饭、干活、睡觉都是以吹号为准。白天下地劳动，晚上政治学习，一个月休息两天。日子就这样不知不觉过去了。

本来我以为，高考这一页已经翻过去了，今后，我再也不去想它了。但是有一天，当我无意中看到1977年高考文科试卷时，几乎把肠子悔青了。我做梦也没有想到，高考试题竟然这样简单、容易。我试着做了一遍，然后对照答案看了看，基本没有什么错误。唉，早知如此，我说什么也要考一下呀！

现在说什么也晚了。后悔当初没有死磨硬泡把领导说服，让我参加1977年高考，等于白白错过了上大学的机会。这次，我打定主意，拼死也要参加1978年高考。

现在，首先要做的第一件事就是说服单位领导同意。说句心里话，当年为了能参加高考，我把单位领导都找遍了，死皮赖脸地哀求他们。一开始还是不顺利，领导仍旧是那句话，你不安心工作。但这回我事先准备好词了。我说，恢复高考是党中央和国务院的重大决定，我报名参加高考就是响应党中央的号召，落实中央的精神，也是为了将来更好地为国家做贡献。此言一出，把领导怼没词了。紧接着，我又说自己只是个初中生，底子很差，考大学就是一个梦想，无非是想试一试。而且，我向领导保证，仅试一次，如果这次考不上，那就踏踏实实工作，绝对不再考了。我把话都说到这份儿上了，领导只好默许了。但明确表示，不能影响工作，也不许请假复习功课。

接下来我要做的事情，就是抓紧时间复习功课准备高考。“文化大革命”期间，我一直没有看过课本，小学中学掌握的那点儿知识，早已忘得一干二净。而最需要具备的高中基础知识，自己以前根本没学过。“文化大革命”十年，彻底否定了旧的教育制度，强调的是实践出真知，不提倡学书本知识。记得1966年“文化大革命”初期，当我们听到传达教育部通知，废除考试制度，进行教育改革，高兴得几乎跳起来。在“左”的思潮影响下，人们最尊崇的是高大完美的工农兵形象，而不是知识和知识分子。中学毕业后，我被分配到工厂，感觉很自豪。当年流行一句顺口溜：一工交二财贸，三流四流进学校。记得有一天，区教育局来厂选调教员。有人问我，是否愿意去师范学校培训一下，然后当老师？我当时一口回绝。理由很简单，也很时髦：我愿当工人阶级领导一切，不想当知识分子成为被改造对象。

为了迎接高考，我到处搜集在校生用过的初中高中课本，又从别人那里手抄了一份高考复习大纲，进行复习准备。因为我对数理化基本是一窍不通，所以只能选择报考文科专业碰一碰运气。在高考复习二十几天里，我放弃了其他一切活动，集中精力迎战高考。基本上是每天下班回家后，匆匆吃完饭，赶快拿起书本，一边看一边记。那个年代复习参考资料很少，而我们单位只有我一个人高考，想找人探讨交流一下都很不容易。我的数学底子很差，所以，大部分时间都用到了补习数学上，剩下的时间再平均分配到政治、语文、历史、地理等科目上。当时外语成绩不列入总分，只作为参考。而我是外语盲，连26个字母都背不下来，所以打算干脆放弃不考。在那段日子里，我最明显的感觉就是时间不够用。到了临近考试的那几天，我几乎是天天挑灯夜战，常常一下子干个通宵。

除了自身造成的压力以外，还有来自外部的压力。全机关上下都知道我死磨硬泡找领导，要求报名高考这件事。当时只有少数人理解，认为年轻人应该闯一闯。但相当多的人认为，一个初中生不知天高地厚，

还想考大学？虽然大家都没有当面说，但我从人们的眼神里是可以看出来的。我心里暗暗寻思，压力山大呀，这回要是考不上大学，真是无脸去见江东父老啊！

另外，我还听到一个关于高考改革的消息。据说，今年的高考不再是各地自行出题，为了公平起见，改由全国统一试卷。同时，各地要划定录取分数线，以保证高分考生被录取。另外，1977 年的考题，普遍反映难度不够，今年决定各个科目分卷考，适当加大难度。我的天哪，真是赶早不赶晚。好不容易批准我参加高考，而且只有这一次机会，偏偏遇到了试卷难度增加，还规定了录取分数线，实在是运气不佳。

后来我彻底想通了，开弓没有回头箭，既然已经报名高考了，也只好硬着头皮走下去。在临考的最后几天，有同事问我准备得怎么样？我说，死猪不怕开水烫。考好考坏无所谓。反正我已经尽了最大努力，谋事在人，成事在天。到了考试那天，我完全放松了，情绪调整得很好，一点儿也不紧张，信心满满地走进考场。

1978 年高考的时间是 7 月 20 日至 22 日，上午下午各考一门科目，三天一共考六门，文科类包括政治、语文、历史、地理、数学和外语。据说，这是全国统一考试时间。我参加考试的地点在朝阳门内北小街第一六四中学（原女十四中学）。记得那天气温很高，我骑着自行车来到考场出了一身热汗。当年的考场外面并没有考生家长们的躁动身影，更无警察保安人员巡视执勤，一切都像平常一样。从四面八方赶来的考生们，手持准考证直接进入各个教室，然后找个位子坐下来，安安静静地等候考试。我注意观察了一下周围的考生，看上去大多数人的年龄与我相仿，真正应届高中毕业生似乎并不多。

铃声响起，考试正式开始。第一天上午考的是政治。大家拿到卷子之后，迅速进入答题状态。我已经十几年没有接触过考卷了，刚一拿到手，心里怦怦直跳，手中的钢笔都有点儿哆嗦。好不容易我才定下神来，开始仔细浏览试卷上的题目。我把整张卷子看了以后，忽然觉得没有当初想象的那么难，至少有多一半的题目我都知道一些，能够回答上来。顿时，我的信心倍增。在答题时，我采取的方法是：先做容易的、简单的题，把难的、复杂的题放到后面来做。当我把所有的题都答完时，差不多快到交卷时间了。最后，我从头到尾又检查了一遍，才把卷子交到监考老师手中。

接下来的几场考试，我就没那么紧张了。凡是会答的题我都做了，不会的或没把握的，干脆就瞎蒙一气，也不管到底对不对。就总体而言，我认为自己发挥得不是太理想。政治、语文、历史、地理考的都是基本常识，我觉得还不是特别偏，至少能答上几句。唯一令我头疼的是数学。拿到卷子之后，我就傻了。试卷上的题目我基本不会做，个别题目我连见都没见过。我把卷子从头到尾看了一遍又一遍，希望能找到我会答的题目。最后，我绞尽脑汁勉勉强强做了两道最简单的题，总算没有交白卷。

在三天的考试中，我发现了一个怪现象，那就是考生人数在逐天减少。到了最后一天，大约只剩下一半人了。开始我也没在意，以为是转到别的教室去了。后来听监考的老师说，这些人因为觉得试题太难，自己根本答不上来，所以中途放弃退考了。原来如此。过去只听说战场上有逃兵，敢情考场上也有逃兵呀！

大约在 8 月中旬，我的高考成绩出来了：总分 342 分，其中政治 74 分，语文 82.5 分，历史 84.5 分，地理 76 分。最差的是数学，仅仅考了 25 分。不过，这个结果比我原来的预料还要好一些。当年北京的录取分数线是 330 分，我第一次参加高考就超过了分数线，心里感到十分欣慰和自豪，甚至有点儿飘飘然。机关的同事纷纷向我表示祝贺，一时间我又成为大家议论的话题。那位曾经坚决反对我高考的领导，忽然来了一个一百八十度大转弯，他逢人便讲，我早就看出来了，小胡是个人才。后来，有人跟我说起这件事，我一笑置之。

当年，我报的第一志愿是北京大学中文系，其他志愿还有人民大学、上海复旦大学等。同时，我还填写了“服从分配”。一开始我还以为超过录取分数线就可以被学校录取，没想到等了很久，却仍然没有接到录取通知书。后来，我到北京市高招办一打听才知道，人家学校一般是接收第一志愿的考生，然后按分数高低顺序录取，一旦招生名额已满，剩下的考生档案就退回，由市高招办再转送其他志愿学校。如果招生名额都满了，对不起，那你就没学上了。

听到这个消息，我的心顿时凉了半截。用一句戏词来形容，那就是“好一似冷水浇头怀里抱着冰”。后来，有高人指点我，你要多往高招办跑一跑，如果遇到学校增补或者考生转校空出名额，也许你就有机会补录上。于是，我揣着“天上掉馅饼”的梦想，三天两头去市高招办打探消息。到高招办之后我发现，前来咨询的还有一大群与我同等命运的“落第书生”。这些人大多数是年近三十岁的老知青。他们心里都清楚，如果今年再考不上，明年就没戏了。共同的命运结成了利益共同体。大家聚在一起除了彼此交流信息，还愤愤不平地批判这种不合情理的录取方式，认为应该按录取名额多少来划定分数线，避免出现虽然“榜上有名”，但未被录取的窘况。

市高招办的同志很同情我们这些年轻人，他十分耐心地解释了高考录取的有关规定，同时也承认存在问题，需要进一步探索改进。最后，他悄悄地向我们透露了一个振奋人心的消息：刚刚从天津调任北京的林乎加书记已经决定，创办大学分校，扩大招生，把你们这些达到分数线的考生全都录取了。他的话音未落，在场的人都高兴地鼓起掌来。

这真是“山重水复疑无路，柳暗花明又一村”。从接到高考成绩单的兴奋，到没有被录取的沮丧，然后又在绝望中看到了希望的曙光。在这短短的几个月中，我经历了常人很少遇到的一波三折。在这里，我们应该由衷地感谢林乎加书记。是他在关键时刻以超常的胆识，从市行政经费中挤出一大笔资金，借助北大、清华、人大等高校的人才优势，创办了多所大学分校，使一大批莘莘学子实现了读书的愿望。可谓功在当代，利在千秋！

不久，我便接到了重新填报个人志愿的通知。这次我报的依然是北京大学中文系，只不过后面加上了“分校”两个字。后来有人这样评价说，1978 年是农历的马年，你们这些考生都是千里马，非常幸运地被伯乐发现了。

在这里，我再补充个小插曲。我被北大分校录取后，便开始交接工作。同时，顺便向有关同事告别。一位在党委宣传组工作的同事告诉我，前些日子他被推荐参加了中国社科院研究生考试，并把抄下来的研究生试卷题拿给我看。不看还好，一看让我大吃一惊。原来试卷只有两道题，第一题是翻译一句古汉语；第二题是“试论党的新闻工作的使命”。按照一般常识，研究生考试应该比大学考试更难。但是，我做梦也没有想到竟这么简单。大学考试需要考三天六门功课，而研究生考试却只有一张卷子，仅仅考两道题。早知道是这样，我还真不如直接考研究生呢。不过，现在后悔也晚了，我已经被北大分校录取，只好等毕业再考吧。

北京大学分校是由北京大学和市教育局共同筹建的，校址选在原华侨补习学校（该校在“文化大革命”中停办）。学校设有中文、历史、法律、数学、物理、化学、地理和图书馆系。教材教学工作由北京大学承担。北京大学中文系的学生是比较强的，当时考入本校在读的有陈建功、刘震云等一批初露锋芒的文学青年。我所在的分校中文系也不弱。记得刚入校时，同学们做自我介绍。其中有不少人谈到曾经在报纸或杂志上发表过诗歌散文，还有人出版过个人专集。给我留下印象最深的是一位叫郑晓龙的同学，他说自己曾经发表过小说，还拍摄过电视剧《玫瑰香奇案》。毕业以后，郑晓龙更是一发不可止，先后参与和导演了《渴望》《编辑部的故事》《北京人在纽约》《金婚》《甄嬛传》《芈月传》等多部电视连续剧，一跃成为当今影视界大腕。

我当时分配在中文系2班，共有40名同学。其中，既有“文化大革命”前的老三届，也有应届高中生，年龄相差十几岁。大约有多一半同学是带着工资上学，还有几位是拖儿带女的。按照国家规定，参加工作8年以上，77、78级考入大学的工资照发，享受调干生待遇。记得刚刚入校不久，北大分校中文系创办了一个刊物《路》，大家争相投稿。我也写了一首小诗，发表在上面，借以表达我当时的心情。诗曰：“负籍拜北府，群华唱大风。纵横天下事，风雨人间情。莫道尺素窄，能泼点墨浓。园中花一朵，窈窕缀春容。”后来，我们在学中国现代文学史时，中文系还组织各班排演当年流行的话剧，以加深对作品的理解。我们班排演的是田汉创作的《苏州夜话》，大家热情很高，积极投入，各展其能。我有幸参与了导演，还客串了一个小角色。

20世纪70年代末至80年代初，正是中国改革开放的发轫之时，从政治、经济、科技到教育、社会、文化等方面，都发生了重大变化。当年在校生似乎都有一种“天下兴亡，匹夫有责”的精神，北大的学生尤其明显。大家思想比较活跃，喜欢交流辩论，甚至为了某一种观点，争论得面红耳赤。当年发生的那些重大事件，例如，“实践是检验真理的唯一标准”的大讨论、党的十一届三中全会公报、对越自卫反击战、中央为刘少奇同志平反、潘晓的“为什么人生的路越走越窄？”、审判“四人帮”等等，都引发了同学们的广泛关注和激烈讨论，这些经历至今让我记忆犹新。

在大学的4年期间，我所学到的必修课和选修课一共40多门，涉及哲学、政治、历史、文学、法律、社会等多个领域。给我们授课的多是北京大学知名老教授或青年才俊，如王力、陈贻焮、乐黛云、严家炎、谢冕、冯仲芸、许大龄、袁行霈、裘锡圭、曹文轩、罗豪才、蒲坚、饶鑫贤、杨紫烜、夏学銮、刘家兴等。他们的音容笑貌和执着的敬业精神，给我留下了深刻印象。总之，在这难忘的4年时间里，我接受了全面系统的专业教育，聆听了著名学术大师的讲课，阅览了大量的中外名著，获得了广博的知识，学会了基本的技能，开阔了自己的视野，提高了文化修养。总而言之，这4年的大学生活和经历，对我后来的工作有很大帮助，对我的人生起到了很好的指导作用，甚至可以说终身受益。

那三届

黄进

湖北利川人，生于1958年12月。中国政法大学校长、法学教授、中国法学会副会长。1975年至1978年在湖北利川县凉务公社插队，并在县知识青年办公室工作；1978年至1982年在湖北财经学院（现中南财经政法大学）法律专业学习并获法学学士学位，1982年至1988年在武汉大学国际法专业学习，先后获法学硕士、法学博士学位。1984年至2009年在武汉大学工作，历任武汉大学国际法研究所副所长、所长、法学院副院长、校长助理、校长助理兼教务部部长、高等教育研究所所长、副校长。2009年到中国政法大学任职。

1977 年高考都经历了什么

人生轨迹的三个变化

从初识法律的懵懂到心系法治人才培养，我见证了法学教育从起步、探索到体系完善的发展历程。改革开放以来，法学教育进入新的发展阶段，更牵动我的心。

我 1975 年高中毕业后就下乡了。1977 年 10 月，我得知国家恢复高考制度的消息。那时，我们赶忙准备高考，准备时间非常有限，我印象中只有不到两个月的准备时间，而且要边工作边备考。那时候也没有什么参考资料，大家把能够找到的与高考有关的资料都找来看，时间非常紧。我就这样参加了 1977 年的高考。

其实那时候我对法律还没有什么深刻的认识，我读《毛泽东选集》和《马克思传》的时候发现，革命导师列宁是学法律出身的，他在喀山大学读法律。马克思最初上大学时也是学法律的，他是波恩大学法律系的学生。所以我对法律有一点点印象。但法律究竟是什么，我当时并不是很清楚。所以那时候看到湖北财经学院有法律专业，我就报了法律，从此与法学结下不解之缘。

恢复高考给我的人生轨迹带来三个变化：一是从一名下乡知青成为一名大学生；二是从偏远山区来到了“白云黄鹤”的大城市武汉；第三个变化最重要，它让我从过去没有明确的人生方向变成了志向成为一名职业的法律人。

在大学学习四年法律，不仅让我系统学习了法学的知识理论，更重要的是培养了法治信仰、法治意识、法治精神、法治思维、法治能力。

在学习法律、从事法律工作过程中，我印象比较深的有三件事。

第一件事是在1980年，当时最高人民法院特别法庭审判“四人帮”。第二件事是1982年我国颁布了新的宪法，也就是现行宪法。那时候刚刚改革开放，我们能够制定出这样一部宪法是非常大的法治成就。现在，宪法实施了这么多年仍然不落伍，仍然是我国的根本大法、纲领性文件，说明当时的宪法制定得很好，这让我印象非常深刻。第三件事是党的十八届四中全会专门研究全面推进依法治国问题，这也给我留下了深刻印象，它标志着法治中国提上日程，对我国如何全面依法治国进行了系统、全面的部署。

我从1978年开始接触法律至今，令人难忘的事情很多，但这三件最令我难忘，让我感受到了法治的力量。

法治大计　教育为先

法律的权威源于人民的内心拥护和真诚信仰。全面推进依法治国，离不开通过开展法治宣传教育来增强全民法治观念，推动全社会树立法治意识。党的十八届四中全会通过的《中共中央关于全面推进依法治国若干重大问题的决定》明确提出：“把法治教育纳入国民教育体系，从青少年抓起，在中小学设立法治知识课程。”这彰显了法治教育在全面推进依法治国进程中的基础性、先导性、关键性地位。

依法治国的道路注定不平坦，全民法治信仰和全社会法治文化的形成也不可能一蹴而就。全民法治知识的普及和法治意识的养成，是一个长期基础性工程。将法治教育纳入国民教育体系，是法治发展规律的内在要求。只有将法治教育纳入国家不同层次、不同类型、不同形式的教育服务系统，从青少年抓起，才能使青少年在学校里、在课堂上能够学习到法治知识，增强法治观念，树立法治意识，逐渐将法治内化为大家的思维模式、行为方式和坚定信念，形成守法光荣、违法可耻的社会氛围，使其成为社会主义法治的忠实崇尚者、自觉遵守者和坚定捍卫者。

将法治教育纳入国民教育体系，需要明确法治教育在整个教育体系中的地位。教育主管部门应当发挥主导和引领作用，加强顶层设计，制定实施方案，积极构建更加完善的法治教育体系，积极确立开展法治教育的原则、标准、内容和方式，形成完善的法治教育考核机制。同时，要建立科学的法治教育课程体系，根据青少年成长发育特点及认知能力，编写适合不同阶段青少年法治教育的法治教材，实现青少年法治教育的系统化、规范化和持续化。建议在小学开设“法治常识”课程，在中学开设“法治知识”课程，在大学面向非法学专业学生开设“中国特色社会主义法治”通识课程，面向法学专业学生开设“中国特色社会主义法治理论”必修课程。

将法治教育纳入国民教育体系，要建设优秀的法治教育师资队伍。教师是学生成长、成才的重要领路人，法治教育师资队伍的素质和水平决定着青少年法治教育质量。要重点围绕法治意识、法治知识、工作理念、工作方法等方面，全力抓好法治教育师资队伍培养，使其成为青少年法治教育的骨干和推进社会主义法治文化建设的重要力量。

将法治教育纳入国民教育体系，要拓展教育载体，构建学校、家

庭、社会“三位一体”的法治教育网络。各类学校要发挥法治教育主渠道作用，不仅要在课堂上教授法治知识，培养学生的法治思维和法治方式，而且要在校园文化建设中融入法治元素、弘扬法治精神，建设法治文化，以法治文化熏陶人、感染人、教育人，充分发挥法治教育的育人作用。要增强学生家长的法治意识，将法治教育有机融入良好的家庭教育之中，与学校系统教育相辅相成、相得益彰。要充分利用各种社会法治资源，加强青少年法治教育基地建设，拓宽法治教育渠道，丰富法治教育形式，为青少年营造一个安全、健康、积极向上的成长环境。

少年强则国强。将法治教育纳入国民教育体系、从青少年抓起，是建设社会主义法治国家的基础性和先导性工作。通过法治教育让法治成为全民的思维模式、行为习惯和文化信仰，引导全民自觉守法、遇事找法、解决问题靠法，全面增强全民法治观念，推进法治社会建设，为实现中华民族伟大复兴的中国梦奠定坚实基础。

建设和培育法治文化

党的十八届四中全会决定明确提出了建设社会主义法治文化的目标，深刻指出，法律的权威源自人民的内心拥护和真诚信仰。人民权益要靠法律保障，法律权威要靠人民维护。必须弘扬社会主义法治精神，建设社会主义法治文化，增强全社会厉行法治的积极性和主动性，形成守法光荣、违法可耻的社会氛围，使全体人民都成为社会主义法治的忠实崇尚者、自觉遵守者、坚定捍卫者。

什么是文化？这是一个仁者见仁、智者见智的问题。文化，是一个内涵丰富、外延宽广的多维概念。比如，有人主张，文化是人类在社会历史发展过程中所创造的物质财富和精神财富的总和，而我个人比较赞成文化是人的生存、生产、生活方式，或者说是人的活法，是人生活的样式的观点。所以我们说，文化是民族的血脉，是人民的精神家园。我们今天所讲的社会主义文化应该是在社会主义中国我们中国人的生活样式，主要表现为精神、思想、传统、习俗、价值观、思维方式、文学艺术、风土人情、行为规范等。而法治也是一种生活方式，尤其应该是当代中国人的生活方式，因此，可以这样说，法治文化是国家依法治国、政府依法行政、司法机关依法司法、所有社会成员依法行为的生活方式。我们知道，全面推进依法治国的总目标是建设中国特色社会主义法治体系，建设社会主义法治国家，而依法治国是党领导人民治理国家的基本方略。随着中国特色社会主义法律体系的形成和中国特色社会主义法治体系的构建，全面落实依法治国基本方略进入了新的历史阶段，必然从法律制度层面深入到法治精神内核，从法制体系构建升华到法治文化培育和建设。培育和建设社会主义法治文化是全面落实依法治国基本方略的必然选择，因为国家长治久安的根本在法治，市场经济的本质是法治经济，社会管理创新的关键也在法治。可以毫不夸张地说，社会主义法治文化的培育和建设对国家的经济发展、政治进步、法治昌明、文化繁荣、社会和谐、生态文明具有基础性和根本性的作用，是全面推进依法治国的当务之急。

由于宪法在我国法律体系和法治建设中居于根本大法的地位，培育和建设我国的社会主义法治文化离不开宪法及其实施。法治文化的本质就是依法办事的生活方式，而坚持依法治国首先要坚持依宪治国，坚持依法执政首先要坚持依宪执政，坚持依法办事首先要坚持依宪行事。所以说，依宪治国、依宪执政、依宪行事的生活方式，是社会主义法治文化的核心。党的十八届四中全会决定将每年 12 月 4 日定为国家宪法日，这有利于在全社会普遍开展宪法教育，弘扬宪法精神。党的十八届四中全会还决定建立宪法宣誓制度，即凡经人大及其常委会选举或者决定任命的国家工作人员正式就职时公开向宪法宣誓。这样做，有利于彰显宪

法权威，增强公职人员宪法观念，激励公职人员忠于和维护宪法，也有利于在全社会增强宪法意识、树立宪法权威。这也是借助宪法权威构建社会主义法治文化的有力举措。

让法治成为中国人的生活方式

大学法学院系担负着在法学领域培养人才、科学研究、社会服务和文化传承创新的重任。在全面推进依法治国，建设社会主义法治国家当中，法学院系要发挥其法学和所在大学的多学科优势资源，传承优秀法治文化，创新先进法治文化，践行科学法治文化，普及大众法治文化。培育和建设中国法治文化是大学法学院系肩负的社会责任和光荣的历史使命，这种担当表现在五个方面。

一是要做法治思想的引领者。大学是出思想的地方。一个出不了思想的大学，一定是一个平庸的大学。大学法学院系要结合我国国情，考虑我国经济、社会转型的现实需求，联系中华民族伟大复兴与国家和平发展的历史使命，组织力量，深入研究，在传承的基础上进行创新，不断出产对法学理论和国家法治建设产生重大影响的思想，推进完善社会主义法治理念，推动中华法系的重塑与复兴。

二是要做法学理论的创新者。大学法学院系要结合我国法治实践，坚持基础研究与应用研究并重，鼓励和支持跨学科研究和学科交叉，坚持以经济社会发展中的全局性、战略性、前瞻性重大理论和现实问题为主攻方向，不断推进法学学术观点、学科体系、科研方法创新，为构建具有中国特色、中国风格、中国气派，与中国特色社会主义法律体系相匹配的法学理论体系作出突出的贡献。

三是要做法治体系的建设者。中国特色社会主义法律体系的形成和中国特色社会主义法治体系的构建，表明我国法律制度的框架结构已经基本搭建完成，但并不意味着我们的法律体系和法律制度是十全十美的，而法治体系的构建还有很长的路要走。事实上，现有的法律体系还有很多不完善的地方，有的法律制度需要修正，有的法律制度需要补充，有的法律制度尚付阙如。因此，大学法学院系要始终积极参与国家的各项立法工作，为我国法律制度的优化和完善作出更大的贡献。在中国特色社会主义法治体系的建设中，大学法学院系不仅要在科学立法中再立新功，而且要在严格执法、公正司法和全民守法方面有所作为，发挥自己应有的作用。

四是要做法学教育的创新者。对培育和建设社会主义法治文化来说，高质量的法律人才的培养至关重要。大学法学院系要率先作出探索，以实施国家“卓越法律人才教育培养计划”为契机，引领我国法学教育教学的改革与创新，构建卓越法律人才培养、法律职业培训与全民普法的新体制与新机制。

五是要做法治生活方式的布道者。大学法学院系要组织专家学者深入研究现实生活中有法不依、执法不严和违法不究等法的运行问题，提出切实可行的解决问题的建议，通过卓越的法律人才培养和法学学术，努力去营造政府依法行政，司法机关严格依法司法，企事业单位和民众自觉依法行为，整个社会都依法办事的环境，引领全社会敬畏法律、信仰法律、遵守法律，让法治成为中国人的生活方式，让法治成为中国社会的优秀文化。

那三届

姜明安

1982 年毕业于北京大学法律学系，现任北京大学法学院教授、博士生导师，北京大学宪法与行政法研究中心主任，中国法学会行政法学研究会副会长。主要研究领域有：宪法、行政法、行政诉讼法、国家赔偿法等。自 1984 年起参加中国行政法重要法律、法规试拟稿的草拟。曾参与的立法有：国家公务员暂行条例、行政诉讼法、行政复议条例、国家赔偿法、行政处罚法、立法法、行政许可法、行政强制法等；曾参与咨询、论证的重要法律、法规、规章有近百部。

与学生一起高考

我小时候家境不好，父亲在县城做火车搬运工，母亲带着我们兄弟姐妹 6 个住在离县城 30 多里地的乡下。那时农村实行人民公社制，社员在生产队劳动挣工分，凭工分分到粮食和其他生活资料。我们兄妹小，没有劳动能力挣工分。因此，大哥小学毕业就回家干农活，二哥小学上了两年就辍学回生产队放牛种地。他们牺牲了自己宝贵的受教育机会成全我和弟弟妹妹读书。我上学的学校离家有五六里地，每天天不亮就起床做饭吃饭。所谓“饭”，就是一些杂粮野菜之类，很少能吃到真正的大米饭。晚上五点左右放学回家，放学时离天黑还有一两个小时，我往往利用这一两个小时在回家路上找一个僻静的庄稼地看小说，凡是学校图书室里有的小说，我几乎全借来看了。

我当了 4 年空军，在民航机场服役，当时民航也隶属于军队。刚开始，我做报务员，一年后调政治部工作，后来我改做放映员、图书管理员等。复员回农村后，我做大队团支部书记，后又被公社党委抽调参加农村社会主义教育工作队。1975 年，我被推荐参加工农兵学员文化课考试，我自认为考得很好，但不知什么原因，我被安排上了我们县里自

办的“五七大学”学习。“五七大学”是以劳动为主，学习为辅，曾经在洞庭湖畔砍芦苇和围湖造田。

1977 年 10 月，我刚从“五七大学”毕业分配到本县天井中学教书两个月，就从报纸上看到了恢复高考的消息，我反复看了几遍，确定我仍有报考资格，那时我已经过 26 岁了。当时，非常激动，当即决定报考，因为我一直有一个上大学的梦。

我在中学教的是高中毕业班的语文和政治课，我告诉学生，我将和他们一起参加考试。我制定了备考计划，白天给学生上课，晚上和他们一起挑灯夜战。那时农村中学学生的底子特别差，我不仅要辅导他们的语文、政治，还要辅导他们的数学、历史和地理。当然，辅导他们的过程也就是我自己复习的过程。后来，我和我的近 100 名学生报名参加了当年的高考。

我小时候的理想本来是数学，原本是希望报考理科的。因为“文化大革命”的原因，我初中没有读完，物理、化学基本上没学过，不敢报考理科。报文科时，我选择了政治、历史、哲学等，那时不知道法律、法学，高考被法学专业录取是组织安排的。

上大学后恶补两大短板

我的“初恋”是数学，法学对于我而言，是“先结婚，后恋爱”，但后来我是真正爱上了“她”，几十年对“她”不离不弃。1977 年高考对我个人的意义就是，让我获得了我的这一终生所爱：法学、法治。此后我即与法学、法治结下了不解之缘。

进北大后，有一件事让我至今印象较深，那就是一些同学自发组织对特定理论问题进行研究。当时，有同学写出成千上万字的论文，在同学中传阅。这种课下的研讨活动对我影响很大，促使我独立思考，促使我看更多课外书籍，以寻求答案。

进北大后，我在学习上有两大短板：一是外语水平几乎为零。我在20世纪60年代上初中时，学过1年俄语，到上大学时连字母都忘记了。二是在湖南乡下生活20多年，不会讲普通话，与老师同学交流极为困难。如何弥补？只能是下死功夫突击。进学校后，我本来准备学英语，但英语老师迟迟没有到位，我只得进俄语班，经测试基础太差，分到“慢班”，一年后再经测试认为水平明显进步被转入“快班”，又一个学期后，经测试认为已掌握基本知识基本技能获得免修资格，之后开始在《国外法学》杂志上发表翻译文章，这个短板算马马虎虎补上了。普通话这个短板我也花了点功夫，但收效甚微，到现在尚未攻克这个难关。可能是功夫下得还不到家，也可能是天分不够。

对于大学时的老师，我印象最深的有四位：第一位是李志敏老师。他多才多艺，尤其是外语和书法。他精通俄语和英语。我和郭明瑞刚开始翻译俄语论文时，都是请他校对。他非常认真耐心，一个字一个字地给我们改，有时修改的部分达我们译文的一半，稿纸上改得密密麻麻。我们非常感动。现在我们自己做老师，对学生的态度比他差多了，真是不好意思。第二位是龚祥瑞老师，他是我从事行政法的引路人。他讲课激情四射，我是在他的课上第一次知道“行政法”这个词的。大学阶段和我留校工作后，他带我参加各种学术会议，带我一起为中国法治建设求索和呐喊。第三位和第四位分别是肖蔚云老师和罗豪才老师，我留校时，他们俩是宪法教研室的主任和副主任，我分到他们主管的这个教研室后，他们竟然答应我独立研究行政法这个过于“放肆”的要求，而且放手支持我这个刚毕业的大学生为法学院的学生开设“行政法”这门中华人民共和国成立以来北大法学院还没有老师开过的新课。两年后，肖蔚云老师还为我出版的第一本《行政法学》教材作序。我刚踏上事业之路，就遇到这样开明的领导，真是太幸运了。

对于大学时的同学，我印象最深的有两位，一位是陈兴良同学，一位是郭明瑞同学。他们俩都是我的室友。郭明瑞和我的经历基本相同：当过兵，当过中学教员。入校后我们一起学外语，晚上一起参加各种活动，一起到五四操场看露天电影，如同兄弟。陈兴良是我们班上的学习委员，讨论课上他的发言和课下我们的交谈往往对我很有启发。在宿舍睡觉时，我们几个经常讨论一些社会问题至深夜。尽管我们后来选择的研究方向不同，郭明瑞研究民法，现在是著名的民法学家。陈兴良研究刑法，现在是著名的刑法学家。我研究行政法，但我们有很多共同的语言，我从他们俩身上学到很多东西。

培养大批行政法人才

党的十一届三中全会公报提出了中国法治建设的十六字方针：有法可依、有法必依、执法必严、违法必究。中国要实行法治，当时最大最艰巨的任务是立法，尤其是行政法。我大学毕业时，中国几乎没有一部真正称得上现代行政法的法律。我参加制定的第一部行政法立法是《公务员法》，当时叫《国家工作人员法》，出台时叫《国家公务员暂行条例》。1984 年由中央组织部和劳动人事部组织起草，起草小组 15 人，时任中组部副部长曹志任组长，我是以学者身份参加的最年轻的成员。之后，1986 年，全国人大常委会法工委组建由学者和实际部门专家 14 人组成的行政立法研究组，中国政法大学原校长江平任组长，我是这个研究组的成员之一，这个研究组先后草拟了行政诉讼法、国家赔偿法、行政处罚法、立法法、行政许可法、行政强制法等重要行政法的法律试拟稿。这些法律最后都由全国人大或全国人大常委会通过，从而使中国行政法的体系框架得以初步建立。

有了立法，法治建设接着要解决的任务就是执法和司法人才的培养。例如，有了行政诉讼法，就必须培养行政审判人才——行政法官。没有行政法官，“民告官”的法律就只能停留在纸面上。为此，最高人民法院与北大法学院合作，连续 8 年先后举办了 4 届高级行政法官培训班，我是这个培训班的教学组织者之一，也是主要教员之一。这个班的学员后来都成为中级以上法院行政法官的骨干力量。

至于行政法的教学、科研，其意义是不言自明的，无论是立法、执法、司法，都离不开教学科研，我一辈子的基本职业就是从事行政法的教学科研。我留校时，就我一个人专门从事行政法教学科研，现在已形成一个团队，这个团队现在是教育部人文社科重点研究基地，我们不仅向本科学生开设行政法课程，而且设立了行政法硕士、博士专业。三十多年来我们为国家培养了一大批高级行政法人才。

尤其是党的十八大以来，我们的法治人才培养已经形成了三个特点。

其一，更重视对中国特色法治理论的教学、培训。中国自改革开放 40 年以来，已逐步形成中国特色的法治理论体系，包括中国特色的法律学科体系、学术体系、话语体系。这个理论体系虽然借鉴了西方国家法治理论的很多精华，但在很大程度上已经不同于西方国家的法治理论体系，它融入了中国的特有国情和中国道路，乃至中国传统法治文化的诸多元素。今天我们法学本科教育、研究生教育和在职培训教育，都特别注重中国特色法治理论的教学、培训，而不是像改革开放初期，使用的主要是苏联东欧国家和西方国家的教材、法律文献和案例。

其二，更重视实际能力的培训。改革开放初期，法治人才的培养主要强调“三基”教育，即基本理论、基本知识、基本技能教育，在“三基”中又更重视基本知识教育。党的十八大以来，我们的法治人才培养在“三基”教育的基础上更重视其实际能力的培训。比如，许多年轻学者定期到法律实务部门，如法院、检察院、政府部门、律师事务所等挂职；在法学本科、研究生教学课程中增加开设各种案例研讨、分析课程，并在正式课程之外举办各种学术论坛、讲座，提高培养对象研究问题、分析问题和解决问题的实际能力。

其三，更重视复合型法治人才的培养。由于经济全球化的发展和“一带一路”倡议的深入推进，国家对法治复合型人才的需求越来越大。因此，现在各高校对法治人才的培养特别注重外语水平的提高，特别注重国际法和“一带一路”沿线国家法律制度、法治文化的教学，要培养大量既懂法律，又会外语；既懂中国法律，又懂国外境外法律；既懂法律制度，又谙法治文化的复合型法治人才。

那三届

金雁

生于西安，中国政法大学人文学院教授，博士生导师。在苏联—俄罗斯、东欧问题研究领域上，卓有建树。曾任中央编译局世界社会主义研究所东欧处处长、中央编译局俄罗斯研究中心执行主任、教授，现任中国苏联东欧史研究会秘书长、国务院发展研究中心欧亚社会发展研究所特邀研究员。其专业研究始终以中国问题的思考为坐标，对十月革命、俄罗斯与东欧国家的改革等问题有独到的研究与见解。曾出版《苏俄现代化与改革研究》《从“东欧”到“新欧洲”：20 年转轨再回首》《倒转“红轮”》等著作。

“黄埔一期”上学记

学俄语的人教英语

1977 年，我工农兵学员俄语专业毕业以后，本着“哪来哪回”的原则我又回到了甘肃省 L 县，被分配在北门外的城关中学当老师。这是一所刚从“戴帽子中学”升格上来的完全中学，地处城乡接合部，教学人员尚不齐备，校长看了看我报到单上写的专业，说“什么俄语英语，反正都是外语，你就教英语吧！”

听得我惊愕得不知该怎么回答，这可不是开玩笑的，学俄语的人怎么能教英语呢？教导主任在一旁解释说，学校初中刚刚开设了英语课，师资一时还不齐备，你就先教着吧。我回家熟悉了一下课本，好在是从头开始，整个一学期都处在“This is ……”“What is……”的简单句式，词汇量也不大，我头天晚上现学了第二天再去教也能应付。

于是就开始了我的外语教学生涯，我一共带初一的五个平行班，因为是同义重复，没有什么难度，但就是一周 20 个课时的工作量，几乎没闲着的时候。而且英语是教改中刚刚增加的新科目，学生没有基础，兴趣也不大，况且通过应试选拔人才的渠道早已堵塞，“读书无用论”弥漫着整个社会，这些刚刚 12—13 岁的孩子又正是淘气的时候，每个班上都有几个难管的“刺头”学生，维持课堂纪律着实让人费力。

1977 年正是变革的前夜，在省会兰州已经明显感觉到“文化大革命”已成强弩之末，虽然政治气候在邓小平的复出与打倒之间来回折腾，但社会主体的不满已经浮现出来。重新回到这个西北一隅的小县城，我感到了极大的不适应。

这里的“文化大革命”空气依然很浓厚，那些以管制方式训导社会的干部仍充斥在各个岗位，一副我的“一亩三分地里我说了算”的霸道劲头，在他们眼里恨不能所有的人都是“四类分子”和“黑五类”。我报到晚了两天，教育局的人就以工资名单已送往地区为由，说今年这两个月没有我的工资，接着又把我填写的“家庭成分”这一栏里的“干部”，统统改为“地主”，说我们这里只有“地主、贫农”这样的成分，你父亲的家庭出身是“地主”，那你当然也是“地主”。我问他，“照这样下去，地主不会是越来越少，而是越来越多？”工作人员蛮横地答道:“你少给我整这些道理，我说是什么就是什么。”

其实我父亲革命资历远超过当地的“县太爷”，只是当年在西北局党校教国际共运史时不同意“九评”的一些提法，就被打成“修正主义分子”下放陇西，说起来后来我学苏联史还和这一“家学”有关。但是父亲蒙难后就不能填“革干”了，填“干部”也不被允许，在那个“天高皇帝远”的地方我就成了“地主”家庭出身而受尽歧视。从“文化大革命”前下放到陇西，我们已经在这里待了 13 年了，当时已有一些平反人员陆续回到原单位去，父母也期盼着能重返工作岗位。

重新招生对社会的震动

在学校里，虽然我与一帮年轻女教师关系都不错，但真正能与我交谈沟通的人少之又少。我们外语教研室有一位上海外语学院的老大学生L老师，他英语非常棒，“文化大革命”前就曾有译作发表，听我们对外的英语广播一点都不在话下。

L老师是四川人，属于那种书呆子痴迷型的人物，只要是和英语有关的话题他都极为兴奋，而其他方面的技能和知识则少得可怜。因为在这小县城里没有选择，他娶了某一级带“长”制家的千金。确切地说，是该千金“娶”了他，他倒插门进了女方家。

经常见他带着伤痕来上课，听同学们说，他老婆是骄横的“河东狮吼式”的人物，嫌自己男人窝囊、没出息，三天两头的吵闹，不给饭吃。有一次我改作业很晚回家，看见他仍在办公室，一问才知道，老婆出门了，把面柜子锁起来了，我就叫他到我们家吃饭。

我妈妈知道他是南方人喜欢米食，就把一个月二斤米的定量拿出来，蒸了点米饭。做饭的功夫，我把弟弟收藏的老版的英文书拿出来给他看。饭做好了，我又翻出来一些涪陵榨菜让他下饭。没想到，L老师突然流下了眼泪，他说，这一辈子，有米饭和榨菜吃，有英语书看，此生足矣。我想，L老师什么样的水平，就在这里教教“A、B、C……”，让我一辈子就这么下去，实在有些不甘心。

这时，大学重新招生的消息已经广为传播。积压了十年的中学毕业生对这个天大的喜讯分外振奋，大家奔走相告，县城里到处遇到的都是借课本的往届老学生。一时间“洛阳纸贵”，中学课本成为稀缺物，我就曾经为在外地的同学张罗着四处借课本、寄复习资料忙碌了一阵子。

很多人都在为大家都不读书的时候放弃了“自我修炼、自我提升”的机会而懊悔。我听到不止有一个人说，早知今日，当初就不应该把那些数理化书籍都烧掉，还以为这一辈子都用不上它们了。过去被批斗的老师家里门庭若市，学校的纪律一下子好了起来。招生制度导致的整个社会风向改变带来的“蝴蝶效应”，一直到多少年以后我们才深切体会到。

如果说，“重起高考”成为一桩“全民大事”有点夸张的话，它至少是上千万的应届和往届中学毕业生的“大事”，不知牵动了多少家庭。我哥哥和弟弟也准备在工作之余加紧备考，看得我心里痒痒。因为我们工农兵学员在校三年，“学工、学农、学军”，搞大批判，“批林批孔”“批三项指示为纲”的政治运动接连不断，正经上课的时间连50%都无法保障。更何况中苏边境的紧张关系趋缓以后，正常的交流又没有恢复，俄语的需用性很低，所有的中学早都不开设俄语课程了。这等于说除了我自己掌握了一门半吊子语言工具以外，在这个社会上毫无用处。因此，我真想再进一次学校，重学一门运用学科。我试着在县教育局探了探口风，看像我们这样的人能不能再报考一次大学，答复是：“不行！机会本来就有限，像你这样刚从学校毕业，还没有回馈报答社会，又要惦记着分享资源是不被应许的。”

不知道这是被讯问人的个人理解还是文件规定。反正我知道学校里也决不会答应我再次报考本科生的请求，于是就死了这份心。要不是怯火L老师的老婆，我打算跟L老师学英语。

机会降临

就在这时，突然转来1978年研究生招生的消息，而且几乎没有什么门槛限制，同等学力者都可以报考，像我这样工农兵学员也能报考。

几乎是在第一时间，我就决定了“我要报考研究生！”“不管怎样也要一试”，“大不了一搏”。我自认为多少还是有点基础的。

像我们那个年代的人多少都有点“苏联文学控”，那个时候，痴迷俄罗斯作品几乎是一代人的共同经历。除了时代背景的原因以外，俄语的普及和翻译曾出现过任何一个语种都没有的“全民热”也是一个主要原因。我因为上学早一些，所以爱好趋向都是向上靠，愿意和年龄比我大的初高中生“混”在一起，热衷于追逐他们谈论的话题，所以小学后期和“文化大革命”中间阅读了大量的苏俄文学作品。

“文化大革命”中的文化荒漠以及个人境遇使我对俄罗斯作品的体会更深了一层，加之当时可读的书籍极其贫乏，有些作品会反复阅读，越到后来我就越偏重于社会背景的描写，故事本身的情节发展倒显得无关紧要了。插队期间我在父亲的指导下通读《列宁全集》，为了辅助了解背景知识，又自学了安菲莫夫四卷本的《世界近现代史》。70 年代学俄语以后，又自学了潘克拉托娃三卷本的《苏联通史》。

接下来，我马上转入行动——选专业。1978 年的时候研究生设置的专业很单调，抛去理工科不说，文科里面没有我所喜欢的苏俄文学，看来看去，还是兰州大学历史系的苏俄历史专业比较靠谱。一来，兰大是我的母校，由我们俄语专业的老师来出外语题，我自信还有几分把握。二来，兰州离陇西不远，真要有什么不解的问题，西去兰州也还比较方便。三来，文史不分家，我很小就对外国文学、世界历史比较感兴趣，所以专业方向目的性明确。接踵而来最大的问题就是时间紧迫，剩下也就是百天之余了。我几乎没有时间复习。

教导主任早就打招呼了，凡是以考学为理由的事假一律不准，借故托病的病假也不准，这样就把我请假的念头打消了。我们学校所有想考学的人都是奔着“本科”去的，只有我一人是“考研”的。我们校长不知是为了打击我的自信心，还是根本就不看好我，跟我说，“考研究生，像你这样的，复习五年还差不多”。我想他也许不是针对我个人，而是对“工农兵学员”这个特殊时代的特殊产物而表示不屑。我心里憋着一口气，这次非要考上不行。

百天冲刺

我差不多每天都有三四节课，再加上要改近 300 份作业，只好挤压休息时间了。为了节省来回路途的时间，我吃住都在学校。我自己制订了一个“计划表”，规定每天必须看多少页书，真到进入状态，才发现越学越没底，越补越缺，越深入越糊涂，我的那点“业余爱好”几乎和这个专业毫不搭界，对两门基础课——中国史和世界史所涉猎的内容我几乎是个门外汉。

连着一个月的夜战，我已经疲惫不堪了，每天闹钟要上十几下才能闹醒我，有时闹钟吵得不行，我睡糊涂了，把闹钟压在枕头下面或抱在怀里继续睡。不得已为了警示自己，第二天再多上几下，结果闹钟不停地响，邻居的老师们都提意见，早上起来问我，你的闹钟是给我们上的还是给你上的？搞得比上课铃声还要响。

体力的问题还是内在可以克服的，关键我缺少外援，有很多弄不明白的问题不知道该向何人请教。父亲在理论方面是高手，但对于世界史还是比较隔膜，尤其是他和“四类分子”一起劳动了很多年，也早已不摸书本了。我决定上兰州找老师请教。我星期六下了课，从县城赶到火车站，再坐夜车到兰州，车程 7 个小时正好可以坐在车上打个盹，这样星期天就有一整天的时间了。当天再坐夜车回去，两边都不用住宿，也不耽误星期一上课。也仗着那时候年轻、精力旺盛，这样连轴转竟然也扛下来了。

可有一次买不到晚上 11 点多钟从兰州到青岛的火车票，因为这个时间段正好在凌晨6点钟到陇西，坐第一趟班车回去，恰好赶上上课的点。只好买了晚上8点钟的火车，凌晨3、4点下了火车，火车站所在的文峰镇到县城有20里路，我本来可以等到天亮再回去。我想了想反正也不困，可以走回去。天上正好有下弦月，顺着公路走，应该没有太大的问题，还可以节省4角钱的车费，路上还可以叨咕叨咕我不熟悉的题目，但是心里还有些胆怯，主要是怕路上有坏人，稍迟疑了几分钟，又自己给自己打气壮胆说："走！"豁出去了，没有什么大不了的。于是急忙上路了，偶尔有赶早的司机开过去以后还惊奇地喊叫说："嗨，是个女的！"我想好了，即便有司机让我搭顺路车，我也决不搭车。就是有一段水洼绕不过去，只好硬蹚了过去，搞得我的鞋和袜子全都湿透了。走到县城天刚蒙蒙亮，我没有回家，径直去了学校。早上8点钟，第一节课打铃的时候我已经站到讲台上了。也许由于一夜的高度紧张，到了学校感觉安全了，我反而迷糊起来，整整两节课我讲的是什么，连我自己也不知道，人完全是处在一种恍惚状态。

就这样几下兰州，解决了不少问题，所要考试的科目逐渐在脑子里清晰起来。

考场虚惊

因为临考试前，我的课多且正好有别的事，就让妈妈替我参加的考前告知会议，并去踩点认一下教室。因为"文化大革命"后第一届研究生考试，除了我之外，所有的人都是"文化大革命"前的老大学生，多大岁数的人都有，所以妈妈坐在教室里并不显得怪诞，妈妈也没向人家解释是替女儿来的。没想到这一下给我考试那天带来不小的麻烦。

我记得大约是5月份考试，一共考两天4场，和现在高考差不多。

所不同的是，“文化大革命”期间外语停学了十年，大家都忘得差不多了，允许带字典。考场设在陇西师范，同时期正好也有小学教师的师资考试，我梳着两个弯弯的毛刷子小辫儿，抱着刘泽荣的俄语大辞典，硬是叫人给支到师范考场，坐下来以后才发现走错了考场，赶忙找到我们的考场，监考的老师就是不相信，说前一天来的是个年纪大的人，怎么换成小孩了呢？还说我是“替考”的。

让他看了我的“准考证”，又解释说，前一天来的人是我妈妈，并强调说，“只有年纪大帮年纪小的‘替考’，没有年纪小帮年纪大的人‘替考’”。这好一通费劲的解释，其他人都已经开始做题了，才发给我考卷。虚惊一场，总算没把我拒之门外。

因为我们每个人的考题都是由报考学校自己命题寄到考生所在地，在当地考完以后密封寄往学校批改。这是当时比较人性化的设计，考虑到考生们的路途遥远和食宿的不便，那时由于考试人数较少，这样操作起来也比较简单易行。不像现在，必须千里迢迢要到报考学校去考试。

我由于找教室验证身份耽误了些时间，生怕考试时间不够用，心里直打鼓，手直发抖，连装考卷的信封都撕不破。我们的考场是一堆放旧课桌的地方临时清理出来的，所有的桌子都有些毛病，我又来晚了，只能坐在最后一个坑坑洼洼的旧课桌旁，桌子没有一块平整处，一写字笔就把纸戳破了，字写得难看极了，于是不停地写写移移，最后趴在桌子边沿方才解决了问题，下午我找了一张旧报纸垫在课桌上，感觉才好一些。

反正我们十几个人，考的都是不同学校不同专业，也不存在谁抄谁的问题。监考的人闲得没事，好奇地一份份挨个看我们的考题，也许他看不懂理科的考题，一个劲儿地站在我旁边抻着脖子看我做题，边看边摇头说，“看不懂，做不了”，搞得我心烦得要命。

考试下来的4门科目，外语的感觉比较好，说到底我刚毕业了一年，虽说这一年里再没有看过课本，但是比起老大学生已经放了很多年的外语来说，我还算“现蒸现卖”的，做起来比较顺畅，携带的刘泽荣的俄语大辞典基本上没派上用场，因为时间本来就不富裕，翻字典更会耗去时间。我考得最差的是政治，考前父亲就告诉我应该复习什么，应该注重时事，可能那些天我忙的脑子短路了，父亲的话一句也没有听进去。打开信封一看，果真是父亲说的那种题型，但恰巧这成为我的一大盲点。

是什么题我现在已经回想不起来，只能临场发挥了。考完政治我就觉得考砸了，希望不大了。两门基础课考得马马虎虎，世界史因为向兰大历史系的老师请教和以前自学的基础，自我感觉还可以，中国史稍微差一点。不知道其他考生的水平，没有比较尺度，我心里一点底都没有。

考完后，我就大病了一场。我有一个习惯，在高度紧张、高负荷运转的时候，从来都不得病，一松弛下来后，积压已久的疲劳释放出来就会得病。考完试以后，我满嘴的大燎泡去上课，学生们都心疼我说：“老师，你不要领读了，我们自己念课文。”这时我突然感觉到，其实我的学生蛮可爱的。

也许是我的备考劲头对他们有所触动，也许是1977年后重起高考的示范效应，放假前的一段时间里，我明显感觉同学们的学习热情高涨起来。分数出来以后与我原来预料的差不多，俄语89.5分，世界史70多分，中国史60多分，政治40多分，确切的分数已经记不清楚了，大约记得平均分数是64—65分，好像还是有一点希望的。在复试通知没有下来以前，兰大的老师已经告诉我，我达到了复试线。全县有17人报考，有两个人接到复试通知，我是其中的一个。据说复试还要刷人下来，我一点也不敢掉以轻心，毕竟离目标近了一步。

“我考上了！”

6月到兰大去复试，看见前来的复试的“准研究生们”，我还是吃惊地咋舌。几乎全都是历史系本科毕业的老大学生，最大的有58级的大学生。想想人家大学毕业的时候，我还在幼儿园的中班呢，差距不能说不大，这里面既有“文化大革命”期间“红三司”的“理论家”，也有专门替领导起草文件的“笔杆子”，还有从事中学历史教学的老师。

只有一个人资历比我差点，就是后来成为我小师兄、再后来成为我丈夫的秦晖。但据当时兰大历史系最著名的史学权威赵俪生先生说，这是一个难得一见的“历史狂”“历史癖”，还没有复试，听那口气，赵先生已经打算收入麾下了。这样的阵势不由得我心里不忐忑。

我是第一回经历“口试”这种模式，像我这样一个从没有学过历史的人，“文化大革命”时期刚刚小学毕业、即所谓“69级初中生”的人，我不知道自己表达的是否准确、是否标准。抽签打开一看，我心里反而踏实了不少，应该说题签上的三道大题，有一道是“一战前的国际格局”，另一道是“有关俄国十二月党人起义”的，第三道已经没什么印象了，反正都没有超过我在插队的时候自学的安菲莫夫的《世界近现代史》上的内容，我隐约感觉冥冥之中有一种无形的力量在帮助我。我进去面对三位考试的老师陈述自己的看法，在一轮提问后再补充回答。我虽然紧张得手心出汗，但并不慌张，因为我尽力了，就这么大的能力了，如果录取的人都比我水平高，我也心服口服了。

事后参加口试的老师告诉我，他们认为我“思路清晰，反应敏捷，可以录取”。我考上了！同时我心里也很清楚，我这个所谓的“同等学力者”，距离真正的历史本科还有很大的差距，还有很多课需要补。

那一年我考上研究生，哥哥和弟弟考上大学，我们一门三人同时

“中举”（当时坊间里的说法），成为陇西县轰动一时的新闻。L 老师不无羡慕地对我说，你可算如愿以偿了，我还要在这苦海里熬着。以后听说 L 老师被调到了县重点中学，再后来又听说，他回四川老家去了。我考上研究生的消息，对我们俄语专业的女生是个很大的鼓舞。接下来两年，我们俄语 73、74 级 3 个班的 14 位女生中有 4 个人考上了研究生。

那三届

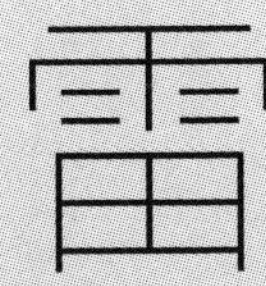

雷颐

祖籍湖南长沙，生于湖北武汉，中学毕业后下乡数年，然后当兵，复员后当工人。1978 年考入吉林大学历史系，1982 年毕业，获历史学学士学位，同年考入吉林大学研究生院，1985 年获历史学硕士学位。同年到中国社会科学院近代史研究所工作至今，现为研究员。研究方向为中国近代思想史、近代知识分子与当代中国史。主要著作:《取静集》《时空游走：历史与现实的对话》《雷颐自选集》《经典与人文》《图中日月》《萨特》《被延误的现代化》《历史的进退》《历史的裂缝》等。译作《中国现代思想中的唯科学主义（1900—1950）》《在传统与现代性之间》《胡适与中国现代知识分子的选择》。

从知青、当兵到大学生

根本想不到会有高考

在当年，“知识青年”插队的情况千差万别。我父母是中南煤炭管理局的干部，当时让干部去农村去建五七干校，他们的干校就在河南叶县。我坚持在城里上完了初中，但是毕业后因为父母都在干校，我们就不能够跟着学校分配，得到农村的干校去。

我去的农村里正好还有高中，所以我的高中是在农村上的，叫做五七高中，两年制，基本上没学什么东西。当时觉得学了也没用，尤其是在农村也没有更强的师资。1972 年底高中毕业，就正式作为一个插队知青参加劳动了。

生产队干什么活，我跟着干什么活。当然我的技术不行，跟着他们学，有的学会了，有的没学会。比如扬场我始终没学会，我也始终没犁过地，但是刨红薯、割麦子、锄草这一类都会做。

对于知青来说，不靠务农生活，家里面可以资助你。如果要知青完全跟农民一样，相当多的人是养活不了自己的。农村的生活非常贫困，下乡之后我才知道什么叫青黄不接。每年的 5 月份，就是农村最困难的时候：秋天收获的粮食已经吃完了，新的麦子还没成熟。就得省着吃，都是粗粮也得吃稀的，或者弄点野草、树皮吃。农民一天一天盼着麦子快点成熟。

我前后在农村生活了四年，虽然前两年是上学，但也是直接和农民生活在一起，比较重要的启示有这么几点。

第一，是真正了解农村了。从前像我这样城市里的、知识分子的孩子，对农村毫不了解，下乡之后才知道农村这么穷，跟我们从前在电影、小说里看到的不一样。

第二，我们接受的教育整体而言是非常正面的，过去觉得人民公社是金桥，以为贫下中农都喜欢人民公社，只有"地富反坏右"才攻击人民公社。后来下乡，发现好多农民不喜欢人民公社，一开始都很惊讶，就想他是什么出身，是不是报纸上说的"地富反坏右"？后来发现都是正儿八经的老贫农。

第三，是我当时可以理解，但是并不能从理论上说明的现象。割完麦子之后，麦地里剩下的麦穗可以归农民所有。生产队当时叫"放花"，队长下个命令，可以"放花"了，男女老少人人挎一个小筐，冲锋一样冲进地里去捡麦穗。捡回剩的麦穗，每家每户再磨出来面，实际上没多少，但是人人都把这点白面看得很珍贵。所以收割的时候，有个别农民会故意多留一点麦穗在地里。下乡知青如果根据从小受到的教育来看，就觉得这是农民的小生产意识。但是你仔细想，他们收获的麦穗绝大多数都交了公粮，让城里人去享受，农民一年到头都是以吃杂粮为主。所以农民当时最大的理想，能吃饱，再进一步，吃白面。

到我学了理论制度经济学以后，我就明白了，农民不公开反抗这种制度，但他为了自己利益最大化，就在可能的范围内博弈。很多地方都有类似的情况，像秋收时，故意把红薯遗漏在田里，或者故意把它刨烂点，不好交了，农民就可以多得点。舟山渔场里，有的渔民故意把好的鱼剁碎，留给自己。这都是在那种体制下，农民一种自然的反应。

当时对自己的未来，好像看不到什么前景。虽然政策说知青下乡两年之后就有资格被招工、被推荐上大学，或者去当兵。但上大学的名额太少太少，基本都被走后门的垄断了。

下乡以后，陆续有人找了种种关系就走了。等到我下乡满两年，知青中各方面条件都够资格的人就不多了。像我的父亲母亲都是长沙城里的知识分子。我的外祖父是资本家，爷爷是画家。所以我的家庭成分还可以，至少不是“黑五类”。我当时表现也比较好，所以 1974 年底就去当兵了。

能够当兵，我已经很满足了，尤其还是技术兵种——当时叫空军地勤，修歼-6 战斗机。作为一个知青当兵，如果能提干，就能成为国家干部，哪怕转业到地方也是国家干部；要是没提干，过三年或者五年复员，回到城里当工人，还能成为吃商品粮的一员。我觉得我父母都是知识分子，外祖父还是资本家，在部队提干的可能性不大。那时根本想不到将来会有高考，但我知道，当兵意味着回城了。

部队复员才能考大学

在 1966 年“文化大革命”开始的时候，首批被废除的就是全国性的高考考试制度，改成了推荐制。推荐制的弊端重重，后来可以说是天怒人怨。但是当时的舆论普遍认为，“文化大革命”是不容否定的，而“文化大革命”又是由一个个具体的所谓“新生事物”组成的，你攻击推荐制就是攻击“文化大革命”，攻击“文化大革命”就是反革命。

推荐制弊端很严重，周恩来总理 1972 年曾经想做某种程度的改变，但没有实现。中美关系解冻以后，一些华裔科学家回国。他们提出，推荐制选上来的学生岁数都比较大，很多人文化程度很低，甚至有的只有小学文化。工农兵大学只有三年，靠这三年再补，知识水平提升有限，培养不出人才，对中国科学技术发展有损害。

所以周恩来总理提出，不反对推荐制，但对推荐上来的知青、农民、解放军战士可以适当考试。这就比较振奋人心，因为毕竟要考试，哪怕考分仅作为参考，也意味着要重视一下文化课。但是当时有个考生叫张铁生，他考了零分，说我忙生产没时间复习，这正好适应了上面反对“资产阶级回潮”的需要，所以马上把在推荐制基础上加试文化考核也否定了。之后，推荐制就被视作了根本不可否认的事。

1976 年 10 月，粉碎“四人帮”，中国社会发生大变化。一些被禁的、“文化大革命”前的红歌突然可以唱了，像铁道游击队、洪湖赤卫队，这些在“文化大革命”中被视作“大毒草”的歌都可以唱了。军队在“文化大革命”中提出，不能用军事冲击政治，所以军事训练的时间压得很低，大家天天要坐在房间读报纸、学毛著。那是非常荒诞的年代，每个国家都想让自己的军人拼命训练，而在“文化大革命”时军队训练反而要受批判。

粉碎“四人帮”以后，就提出要理直气壮地抓军事训练，把被“四人帮”耽误的时间夺回来。我们明显感觉到，空军部队飞行训练的时间大幅度增加，政治学习的时间大幅度减少。大家都摩拳擦掌，想参加军事训练。我们师有三个飞行团，一个独立机务大队。三个飞行团的飞机都是半雷达，飞行员只能飞白天，飞不了夜航。实际上，如果军事训练到位，夜间一般气象，半雷达也是可以飞的，但是在“文化大革命”期间就没有训练。粉碎“四人帮”后，大家提出来，我们也要飞夜航，那是很辛苦的，风险也很高。

虽然社会在一步一步往前走，但是谁也没想到，推荐制这个“文化大革命”标志性的符号会被废除掉，恢复到“文化大革命”前的考试制。那时候虽然没有网络，但是各种小道消息传播极快。1977 年的夏秋，家里人给我来信说，听说要恢复高考了。部队里马上也有了这种反应，听说要恢复高考了。我所在的空军机务部队相对文化程度比较高，更关注这方面的事。

当时多数人不敢相信要恢复高考，因为那时并没有否定“文化大革命”，也没有否定“两个凡是”，还是说“凡是毛主席作出的决策，我们都坚决维护；凡是毛主席的指示，我们都始终不渝地遵循”，因此大家都有点半信半疑。当然大家对“文化大革命”的推荐制非常不满，也觉得如果恢复高考就太好了。后来报纸正式登出恢复高考的消息，大家觉得这真是特别得人心，当时的提法叫“以华主席为首的党中央所做的大得人心之举。”

最直接的动力是，我从小就喜欢读书。父母也不限制我，尽可能地给我们找各种各样的书来读。我小学时写作文，题目是《我的理想》，同学们有的说想当工人、有的说想当运动员，女孩子想当演员的多，但多数同学还是想当工程师、科学家。我始终没变的理想就是当科学家，最想当天文学家，去探究星空的秘密。

我从小就想上大学，但 1977 年，我没能参加考试，因为部队管理很严，不允许战士自由报考大学，得有名额。这个名额很少，我几乎不可能得到，所以我觉得只有复员才有可能考大学。空军部队的技术兵，一般都要当兵五年左右才会复员。因为技术兵培养时间长，到第三年、第四年技术才成熟，当兵三年要复员的人很少。

但是我觉得，我主动提出复员，只要态度坚决就有可能被批准，因为这减轻了部队复员工作的难度。我跟部队提要复员，部队领导没想到，觉得我当兵才三年，技术正在成熟，表现又不错，还选上了团支部的宣传委员。机务中队的指导员就找我谈话，劝我不要复员。我就去找机务大队教导员，说我想复员考大学。教导员比较理解我，他说："那行吧，我同意了。"

我决定考文科，要准备语文、数学、政治、历史、地理。我没正经学过数理化，但是"文化大革命"中我始终没有放弃读书，不论是文学、哲学或者一些政治性的书籍，我读过很多，远远超过绝大多数同时代的人，所以考文科是没问题的。

那个年代书很难得，除非你自己特别喜欢读书。而且读书要冒一定风险，除了几本指定的书以外，读其他的书至少会被说成思想不健康，严重的话书会被没收，还要写检查。但我还是冒着风险去读书。在部队，我是 41 团，听说 40 团的谁最近有本什么书，甚至会从我们团走到他们团去借书。

我们没有系统学过这些课程。尤其是地理，我找了些中学地理书去背，还背了些历史年代。由于我从前爱哲学、文学，所以语文和政治就没怎么复习，我知道自己肯定没问题，要把精力用在最薄弱的环节，这样才容易有大的提高。尤其是数学，几乎不怎么会，所以我专门请了一个中学的数学老师给我辅导。还有一个也要考大学的老高三的学生，他数学特别好，我就请他帮我辅导一下数学的某几项。

因为我始终记得，复员前，机务大队教导员跟我谈话。那时我是电器员，教导员跟我一起推电瓶车，他是"文化大革命"前的大学生，支持我复员。那时他就拿起粉笔，在电瓶车上写了几个因式分解一类的公式，我完全不知道这是什么意思。他就笑了，说那你回去得抓紧好好复习。

那时候我已经复员当工人了，就通过朋友、熟人各种关系找复习资料，最珍贵的是"文化大革命"前的教科书。比如我这段时间用了数学课本，我用完了马上给你，你复习之后再给他，大家串着看各种复习资料，而且当时有些中学就开始有油印的复习资料了。

其他要考大学的人一般都会请假复习，而我们厂里不准假，这也是一个制度的博弈。1977 年，厂里支持工人参加高考，只要你参加考试，就可以放假复习。所以很多不真考的人也去报名，花五毛钱的高考报名费，就不上班了。所以到了 1978 年，厂里采取的措施是，无论你考试不考试，都不放假。

当时我在平顶山高压开关厂当车工，工作很辛苦，我的师傅又是劳模，他每天要提前半小时上班，晚半小时下班。我得比他再提前半小时上班，而且一天假都没有请，所以厂里对我有多次表扬。

那时我年轻，身体好，还有就是利用午休的时间。比如中午吃完饭，车间里其他的人都在打牌，我要不就复习，要不就躺在车间的长条木凳上呼呼大睡，因为有时确实太累了。有次我睡着时，被我们车间主任推醒了，我一看别人都已经开始工作好久了，整个车间里车床轰鸣，都没给我吵醒。虽然那天中午我睡过时间了，但是我的师傅却没有推醒我，他大概也知道我太累了，就自己干了很多活。

当时都是复习到半夜才睡，那时候是夏天，需要点蚊香熏蚊子，有次我的毛巾被掉到地上，被蚊香点着了，我都不知道，满屋子的烟给我呛醒了，挺危险的，我赶紧起来把火扑灭了。

77、78 级是明确不考外语的。如果考外语，绝大多数人没法上大学。因为“文化大革命”十年中，有的中学教外语，有的中学不教，大家也不好好学。当时有一句流行语：我是中国人，何必学外语，不学 ABC，照样干革命。大学的工农兵学员，除了外语专业，其他专业都不学外语。所以当时中央领导也知道这个状况，觉得这十年不学外语，不是年轻人的过错，是国家政策的错误，不能由他们来承担国家政策的后果。

但当时我相信了一个假消息，是我们车间一起考试的同事告诉我的。他说，凡是不加试外语的考生就没有资格上重点大学了，只要加试外语，哪怕考零分，也有资格上重点大学。我一听，为了有资格上重点大学，哪怕是零分我也得加试啊。加试外语和不加试的考场不在一起，所以报名的时候，就要说明。我不会外语，本来报了不加试的。听说这消息后被吓得赶紧到招生办，说我要改成加试外语。后来上了大学，才知道这消息是假的。其实是大学里要学外语，但学生程度参差不齐，为方便授课，就提出高考可以加试外语。加试不记入高考总分，只是入学之后分班的依据。所以好多同学都没加试外语，也上了重点大学。

加试放在最后一门考，因为它不作为考试总成绩，老师不监考，只管发卷子，收卷子。我不会外语，但我觉得考试一定会有政治性的东西。当时最流行的口号是："紧跟华主席，进行新长征。"考英语前一天晚上，我找到在中学当外语老师的邻居，让他把这句口号翻译成英语，我背下来。他说，你记不住这么多，就在卷子上找"Chairman 华"，只要有"Chairman 华"，你就翻译成华主席，表示你会点外语。第二天，英语卷子发下来，我反复地找，根本没有发现"Chairman 华"，也没有政治性的东西，我就傻眼了。

这是我第一次见到标准化考卷，选择、填空都是 ABCD 四个选项。我想，瞎填也有可能蒙对，一开始，就按照"点兵点将"的方法随便填了几个，后来我发现，选项都是四个，怎么点都一样。干脆选一个，蒙对的概率还高一些，所以我就都选了同一个答案，最后加试的英语得了 14 分。

还记得我没怎么复习政治，但政治分最高，考了 98 分。父母也没有给我具体的帮助，只是在报志愿的时候提了点建议。分数出来后，我知道我在分数线上了，我父亲很高兴，但他是理工科出身、学建筑的，那代人是理工至上，认为工业救国、科学救国，科学技术才是真本事。父亲说，你都没怎么学过数学，但一用功，今年就考了个还不错的分数，我希望你今年别上大学，再拿一年时间好好复习数理化，明年报考理工科，当科学家、工程师，或者技术员也可以。

但我知道，我不可能学理工科，除了这方面基础不够以外，更重要的是我个人的兴趣已经完全转到文科了。我报志愿比较犹豫，主要是在当作家和搞哲学之间非常难选择，最后还是当作家的愿望稍微强一点。我们从小受高尔基的《在人间》《我的大学》的影响，觉得当作家还上大学干吗？只要在社会上闯荡，有足够的社会经验，自己读书就可以创作、写小说。但我又很想上大学，所以我觉得最好的专业是考古，在外面到处跑，别人搞考古研究，我就搞创作，所以我就报了考古。那时候考古是历史系下面的二级学科，分数比历史系还高。我差了几分，就被调剂到历史系了。

恢复高考纠正了轻视知识的现象

那时候的吉林大学没有现在的新校区，它和城市融为一体，基本上没有围墙，大门也是敞开的，可以随便进，里面有花园、公园，就像附近的市民公园一样。

我知道像这种老大学，很多都是这样的。但我没想到的是，大学老师不用坐班。原来还有一种职业不用天天坐班，我觉得这是最符合我理想的职业。

大学最怀念的就是，我可以拼命地读书。现在的人理解不了，因为“文化大革命”中什么书都没有，一到大学图书馆，就发现好多书都是从前听说过，但没有读过的。比如我们从前读小说，多是俄罗斯的，到大学里才读到法国、英国的小说；从前读过几本内部发行、批判用的哲学书，在大学里还读到了伏尔泰、卢梭、黑格尔的书。

所以我在大学三年级以前，都是五点半前就起床。起床之后，直奔图书馆或者教室读书。

等到七点多钟，再赶紧跑回寝室叠被子、洗漱。因为我们 14 个人住一个寝室，五点半起床时，别人还在睡觉，我不能叠被子，总是自己悄悄地走。吃完早饭，感兴趣的课我就去上，不感兴趣的就旷课，到图书馆借书看。

所以我既是很好的学生，也是很不好的学生。好学生就在于，我几乎没有干其他的事，只有读书。不好就在于，很多课我不感兴趣就不上了，去读其他我更感兴趣的哲学、文学类书。但是有门课我一堂不落，并且我把大量的课外时间用在那儿，就是学英语。

当时英语没有统一的大学课本，都是各个大学自己编的油印教材，还保留着“文化大革命”的痕迹。教材里还是“毛主席万岁”，或者是“我每天早上起来学习毛主席著作，我们教室有明亮的灯光”这一类的句子。我还记得，学完 26 个字母后，老师让我们这一行的人站起来每个人背一遍。我站起来背，背了两遍，都落了一个字母。我说，落掉了什么字母呢？老师说，你落了一个“I”。

我有个亲戚，是 40 年代清华外语系毕业的，他给我寄了一套他们当年用过的英国的教材，叫做《基础英语》。我收到教材，就在图书馆拼命地学，查字典、背单词、读课文，遇到理解不了的语法，我就记下来，第二天上课问英语老师。英语老师特别好，他岁数比我们大不了多少，是个工农兵学员，姓曹。课间休息的时候，我就把他堵住问问题。他一个个详细解释，一解释就用掉整个课间。我们同学开玩笑说，曹老师一到下课就被你包了。后来，我读了更复杂的课本，提的问题曹老师有时候也解决不了了。他就说，解决不了的我记下来，请我们教研室其他老师解决。第二天的课间，他就把前一天的问题解答出来。这样，我的英语进步很快。毕业以后，我 1985 年分到社科院近代史所，1986、1987 年我就开始翻译书了，1989、1990、1991 年连续出了好几本翻译的著作。

我特别怀念吉林大学的第二点，就是它当时自由的氛围。我经常旷课，但一点事也没有，我觉得大学就应该自由。我们77、78级的学生本身就很特别，尤其文科的学生，大多数是岁数大的人，我们班最大的学生32岁。我们这一级同学中，有人当过工厂宣传部副部长，有人当过公社副书记，有人当过县宣传部干事，也有人都当上连指导员了，也来读大学。所以他们写的文章、出的壁报，都很有水平。

喜欢独立思考、喜欢读书的学生，自然而然就会彼此发现。有时候在吃饭闲聊中都能知道，谁对什么问题感兴趣。像当时学校的食堂很简陋，没有椅子，打完了饭，大家都端着碗随便站着吃，食堂里各个系的学生都有，大家随便聊，有点像西方举行的鸡尾酒会。回到宿舍里，在熄灯前后，大家也会边洗漱边讨论，讨论的问题很尖锐。因为当时国家的政策几乎天天都在变化，每一个变化都引起剧烈的争论。比如说农村包产到户对不对；遇罗锦离婚是道德还是不道德的；还有对“文化大革命”的评价、对“四人帮”的看法等。在不同的专业里，就有不同角度的讨论。

在综合性大学的好处是，你甚至不用专门去学，只在吃饭时和其他专业的学生谈论一些问题，就能获得很多你自己专业以外的知识。比如说，我在饭桌上接受了一个观念，叫做“无罪推定”，意思是：一个人在没有正式判罪之前，应该认为他是无罪的。当时知道这个观念的人极少，是法律系一个同学跟我讲起的，他说1957年，很多法学家因为主张“无罪推定”被打成了“右派”，这个观念后来对我影响很大。

一个经济系的同学，他和我们关注的焦点不一样。当时同学们都是谈宏观的、政治性的问题，而那个同学一直在钻研一个技术性的问题。他说，中国改革最重要的是经济体制改革，经济体制改革中最重要的是价格的改革。从计划经济变为市场经济，价格改革是个难点，改不好会引起通货膨胀和社会动荡，过不了这一关，社会就会倒退，又回到计划经济。这就让我知道了，实际上改革有些操作是非常技术性的。

很多人以为，文科生只要把书读够了，不需要上大学，或者是把大学课本拿来，自己在家里一本一本念完，就算上了大学了。但我觉得上大学最重要的是熏陶，大学有环境，让不同观点、思想的同学聚在一起交流，这是上了大学我才明白的。

比如中文系，爱写诗的同学组成诗社，他们很优秀。现在只要一谈起朦胧诗，像吉林大学的徐敬亚、王小妮、吕贵品，都绕不过去。我跟他们在一层楼住，抬头不见低头见，都认识。我想了解诗歌，就跟他们打招呼，聊聊最近朦胧诗怎么回事。有的同学参加诗会回来，也会组织个小座谈，谈北戴河诗会、诗刊社最新的观念等等，我们都会去听。

我们历史系，当时有几个朋友对 20 世纪 80 年代波兰团结工会、瓦文萨感兴趣，我就和一个同学一起搜集资料，做些关于团结工会的演讲。当时我们还在一个教室里讨论亚细亚生产方式：究竟有没有亚细亚生产方式，马克思是怎么说的，“文化大革命”与亚细亚生产方式有没有关系……这只是个非正式的讨论，各个专业的人，愿意来就来，但大学里，很多人都对这个感兴趣，大家讨论这些问题，特别想弄明白。

我还特别怀念历史系的周老师，她的经历挺复杂，是地下党，后来被打成“右派”，后来阴差阳错到了历史系。她的俄语特别好，在历史系讲俄国史和俄国文学，中文系也有很多人去听她的课，觉得她讲得好。她又愿意让学生们去她家，老师的家跟我们宿舍离得很近，吃完饭有时候我没事了，不去图书馆，会先到她家去坐一会儿，没准就碰到了同学，自然而然就围绕她形成了一个小圈子，有两三个是中文系同学，一两个是哲学系同学，历史系的学生就是我。我们总是在一起讨论问题，我从他们那里获得了很多本专业以外的知识，别人也从我这里获得了他们专业以外的知识。

我特别怀念本科那段时间精神上自由的氛围。我觉得大学里面很重

要的就是，老师和学生之间要有像我们那时候相当平等、自由的师生关系。现在高校发展了，很多学校都在很远的地方建了新校区，本科生住新校区，但老师住在城里。老师们都是坐着班车去讲课，讲完之后又得坐班车回来。这种环境下，本科生和老师之间很难建立这种关系，不是因为老师或学生不愿意，而是物理空间的距离把师生给隔断了，我觉得这是一个损失。

那十年，没有考试制度，大家觉得，上大学这么神圣而重要的事情，都是凭关系、走后门得来的。而且，没有考试的筛选，社会演变为完全凭权力办事，谁有权力就什么事都能办得到，这是第一。第二，恢复高考实际上是纠正了前几十年把知识摆在很不重要的位置，而把政治摆在极重要的位置的现象。所谓的“政治”，首先是指家庭出身，另外就是所谓的政治表现。恢复高考以后，就由考分说了算。

但 77 级录取的时候，政治因素还是有影响。有的考生考分比较高，因为家庭出身不好没被录取，后来他们就写信反映情况。有人写信说，我爷爷是特务还是反革命，怎么就影响了我？现在“文化大革命”都结束了，我还不能上重点大学吗？中央并不正式下文件来制止，只是把这些信在《人民日报》上登出来，这就释放出一个信号：今后录取，家庭出身不是重要的原因。当时“胡风集团”还没有平反，而他的儿子张晓山上大学了。报纸专门发了一个通讯，通过这个方式告诉全社会：家庭出身不是最重要的，你自己的考分才是最重要的，这是一个巨大的解放。

后来我们做研究，看档案资料的披露才知道，恢复高考的决策做得很不容易。虽然推荐制极不得人心，但它是毛主席定下来的。1977 年夏秋，召开教育工作会议，邓小平明确指示要恢复高考考试制度，实际上就把“文化大革命”的推荐制给废除掉了。当时教育口的负责人说，同意恢复高考，但是今年来不及了，可以明年恢复。因为要组织考试、出题，再考试、录取、入学。但邓小平说，这件事刻不容缓，耽误一年就耽误了一大批人，哪怕推迟考试，推迟入学，也要在1977年恢复考试。当时实行计划经济，恢复全国高考，没有计划这一项的纸张。只有邓小平当时敢下这个决心，停止印《毛泽东选集》第五卷，把这个纸拿来印考卷。

当时也来不及全国统一出题，所以1977年是各省出各省的题。1978年才第一次全国统考。并且，77级的入学时间是在1978年3月，而78级入学是在1978年9月，前后相隔半年。当时“文化大革命”刚结束，很多大学的校舍还被占用，有的老师还没回来，因为政策没落实。学校的师资、校舍、寝室，一切都很紧张，所以77、78级有很多课是在一起上的。今天回顾这段历史，也感到中国社会进步一点是非常不容易的。

那三届

李辉

传记作家、记者。生于湖北随州。1978 年进入复旦大学中文系文学专业；1982 年进入《北京晚报》担任文艺记者和文学副刊编辑；1987 年 11 月调至《人民日报》文艺部担任编辑。1998 年散文集《秋白茫茫》获全国首届鲁迅文学奖。以传记、随笔写作为主，主要作品有《文坛悲歌——胡风集团冤案始末》《沈从文与丁玲》《沧桑看云》《和老人聊天》《传奇黄永玉》等。

我的高考，1977 年记忆

准考证上的照片

1977 年 12 月，我有了一个极为普通的号码：04013——高考报名号码。

将近 37 年前的准考证，收藏至今。找出它，往事立马被激活了。一个不起眼的物件，让我的回忆也就有了一种可以触摸的感觉。

按照今天的标准，准考证印制得再简陋不过了，长 13 厘米，宽不到 10 厘米，不过是一张小纸片。但是，小纸片上却内容丰富，应有尽有。正面上端，印着“湖北省高等学校招生委员会（1977）”的字样，下面紧挨着以花边加框醒目地印着三个字“准考证”。然后依次为照片、报名号码、报考类别、考试地点、考试时间表。反面则是“考生注意事项”，一共五条，简明扼要，该提醒的一点儿也没落下。如今的准考证是什么样的，我没有见过，想必精致考究了许多。

仔细一看，姓名一栏“李辉”二字是手写的，不是我的字，想必准考证均统一由家乡湖北随县（今易名随州市）招生委员会的工作人员用圆珠笔填写。报名号码、报考类别、考试地点三栏倒是正规得多，是用印章盖的。但不知为何其中有两项盖的红色，一项盖的则是紫色。无意为之，还是刻意为之？天知道。

自己感到好奇的是个人照。说是一寸标准照，可是，却非正面照，身体有点儿斜，右耳几乎看不清楚，还戴着一顶单帽，把头发捂得严严实实。照片不正规也不讲究。在今天，恐怕任何证件上都不允许使用它，何况壁垒森严、严加防范、连一只苍蝇或耳机也不让混入的高考现场。

最不可思议的是，就连这张照片也不是我 1977 年的近影。照片上的我，圆圆的脸，初看沉着，再看稚气犹在，完全一副少年模样，哪里像是高中毕业后上山下乡两年半、参加工作整一年、已经 21 岁的小伙子？

翻出旧相册，从初中到高中再到农村，才发现，准考证上粘贴的这张照片，应该是我在 1972 年上高中之前拍摄的。距离 1977 年，虽只五年多，但一般来说，这五年是一个人从少年走进青年，外貌和个头发生很大变化的时期。把它与我 1977 年的照片相比，差别之大，简直判若两人。1977 年的我，脸已不再是圆的，而是显得清瘦，那副模样倒真的成熟了许多。

已想不起自己到底为什么偏偏挑选了这张照片，贴在准考证上。是来不及照一张新的，还是敝帚自珍？

1977 年 12 月 6 日，我就是拿着这样一张印制简陋、照片也贴得毫不严谨和规范的准考证，一路放行，走进了高考——后来，人们说，这是具有划时代意义的、全世界绝无仅有的一次高考。

面对试卷，何止是汗颜？

高考后，我走进了上海复旦大学。大约一两年后的一个暑假，我回到家乡，一位与我同时参加高考却未能如愿的中学同学来看我，送给我一份特殊礼物——我参加高考的所有试卷。怎么得到的？是否违反相关规定？他没说，只说了一句：“其实你的成绩也不怎么样。”

的确不怎么样。我报考的是文科，有五门考试科目，但只需参加四门。英语是参考科目，可不参加，我没怎么学过，当然乐于放弃。其余四门成绩分别为：语文 74 分，数学 62 分，政治 69 分，历史地理（简称“史地”） 69.4 分。加在一起不过 274.4 分。与如今动辄 600 分的高考录取分数相比真是汗颜！不过，当时听说，这也不算低分。可见当时分数普遍不高。

每份试卷，都写有自己的名字和报考号码。（听说现在只让写号码，不能写考生名字，不知确否。）高考试卷居然回到自己手里，实属偶然，但却是可遇不可求的礼物。30 年后，尤显珍贵。当年全国参加 1977 年高考的考生有数百万之众，是否还有别的人与我一样有此机缘，就不得而知了。

面对旧物，汗颜而庆幸。试卷比准考证还要简陋且寒酸。每一门试卷，都是薄薄一张纸，而且大小不一。语文、政治，只有 32 开图书的版心大小，史地和数学试卷大一些，各为 16 开图书的版心大小。政治、数学题目只占一面；语文、史地则占两面。记得当时发试卷的时候，监考老师还发下几张空白薄纸，供考生写作文或回答论述题使用，离开考场时所有纸张全部交上去。

那时还没有见过复印纸，发下来的纸颜色不一，或黄或白，有的纸薄得透明，如今连写便条都不会用它们，可当年，它们却派上了大用场。都说那是一个百废待兴的时代，试卷之寒酸正好印证了当时的物资的极度贫乏，若不是再见旧物，即便是我们这些过来人，大概也难以想象此情此景了。

试卷的题目，今天的一个初中生恐怕都可以毫不费劲地应对。数学且不提，试举另外三门部分考题为例。

语文试卷的第一部分为“解释词语”，占 10 分，举出五个词语，分别是：诚实；俭朴；伎俩；纲举目张；鞠躬尽瘁，死而后已。它们如此简单，其余部分也就可想而知了。

史地试卷，历史和地理各占 50 分。历史部分有七个问答题，其中第一个问题为：“秦末、唐末、明末农民起义的领袖是谁？各提出什么战斗口号？这些起义最后失败的根本原因是什么？”占 12 分；第二个问题为：“我国古代劳动人民有哪四大发明？”占 4 分……地理部分有填空、问答两类考题，填空占 12 分，诸如地球分为几大洲几大洋，我国最主要的钢铁工业基地和石油工业基地是哪些，等等。问答题其中一个为：“从北京到南宁，坐火车要走哪几条铁路线，穿过哪些大平原，越过哪些东西走向的山脉，纵贯哪几条大河的流域，经过哪几个省、自治区和省的行政中心城市？”占 8 分。

政治试卷分为政治词语解释、问答题、论述题三类。词语解释共占 30 分，六个词语分别是：党的十一大路线；四个现代化；“四人帮”；马克思主义的三个组成部分；唯物主义，唯心主义；经济基础，上层建筑。问答题之一为：“在党的十一次重大路线斗争中，历次机会主义路线的头子是谁？毛主席总结历次路线斗争的基本经验是什么？”占 10 分。论述题之一为：“简论在本世纪内，把我国建设成为四个现代化社会主义强国的客观必要性和有利条件。”占 20 分。

摆在湖北文科考生面前的，就是诸如此类简单的考题，但还是难倒了不少人。

我也没有得到高分。30 年后，重看自己的试卷，不由得汗颜不已。笔迹之乱、知识之贫乏、文字之幼稚、见解之浅薄，用“惨不忍睹”这个词一点儿也不夸张。我羞于示人，连妻子也不例外。

譬如，语文试卷中的作文题为《学雷锋的故事》，我的开头这样写道:“学习雷锋好榜样，毛主席的教导记心上……在粉碎了‘四人帮’的今天，祖国辽阔的大地上，到处荡漾着这曲调欢快昂扬的歌声。它发自亿万人民的肺腑，它鼓舞着亿万人民的斗志，它激励着亿万人民前进！歌声中，雷锋的精神在发扬光大；歌声中，无数雷锋式的战士在成长；歌声中，又有多少学雷锋的故事在传颂……”多么幼稚，多么可笑，哪里有一丁点文学性？更难见最基本的文字功力。至于后面牵强的构思，也就不必提它了。

幸运的百分之五

我出生于 1957 年，要知道，我们这代人，从小学起就卷到此起彼伏的政治运动折腾中。高中毕业是在 1974 年，伴随“文化大革命”走过了 8 年，游行、贴大字报、到工厂和农村劳动，哪里接受过一年真正意义上的教育？我们说是高中毕业，其实，连初中水平也不到。背得滚瓜烂熟的是毛泽东的诗词和语录，而不是唐诗宋词；阅读的是千篇一律的社论和大批判文章，而不是世界文学名著……

那是“知识越多越反动”口号喊得震天响的年代，那是“大革文化命”和知识分子斯文扫地的年代。后人谁能相信，在 20 世纪 60、70 年代的中国，居然一度取消了大学？甚至，长达 11 年停止了高考？

我和我的同辈人，有幸或不幸，就在这样的历史背景下长大，接受可怜的所谓教育，然后，下乡插队劳动，再迎来了 1977 年的高考。许多年、许多代后，历史老人如果再审视我们这一刻的高考，会汗颜吗？

会怜悯我们吗？

也许，当年阅改试卷的老师们，已经为我汗颜过了。他们一定有怜悯之心，在我拙劣的试卷上判分，给我带来了运气和希望。我从心底永远感激他们。试卷上有的老师只写姓，有的则留下了他们的全名，勉强可以辨认。譬如，语文试卷词语解释部分是“肖鸣”，作文部分是“毕鸿明”，造句部分是“谭联芬”；史地试卷地理部分是“李黎”；政治部分有四位老师，只认出两个名字——李正仁、付道高……

他们来自何处，我不知道。37 年过去，他们都还好吗？

当年到湖北招生的复旦大学的老师，怎么会从诸多考生中选中我？这位招考老师是谁？我也不知道。

据说我们那一届全国的高考录取比例是百分之五。

我真的太幸运了，竟然成了百分之五队列中的一员，未来的人生道路从此改变。

复旦大学的“入学注意事项”

1978 年的春节，在期待中度过。元宵节将近，一天我去打（当地话“打”即零买之意）酱油和醋。拎着空瓶子，走在街上，忽然迎面碰到我所工作的工厂——湖北油泵油嘴厂负责招生的师傅，他喊住我：“李辉，你的入学通知书来了。是复旦大学的。明天到我那里去取。”“是吗？”当时我还说了什么，已不记得了。只记得，我正好要去一个同学家里，与几位知青点的同学见面。见到他们，还没坐下，第一句话就说：“我考上了。”说完，来不及聊天，我赶紧回家，让全家人与我分享这一快乐。

随录取通知书一起寄达的，还有一份《复旦大学学生入学注意事项》。报到时，录取通知书交给了校方，这份“注意事项”则和准考证一起，夹在随身携带的红色塑料皮的《中国地图册》里，居然也保留到了今天。

“注意事项”为单页双面，16 开，与县城的准考证和试卷相比，它显得正规得多，用的是厚纸铅印通知。“注意事项”共十项，标题左上角加框印一说明“此件随入学通知书发给学生本人”。虽然是一纸普通的入学须知，30 年后，它却有着多重意味。

第三条为我们提供当年的生活细节：“学生入校时，必须各自携带本人户口迁移证（迁入地点：上海复旦大学）。来自外地的学生，必须同时携带当月所需全国通用粮票和到校后第二个月开始的粮食关系转移证明。……户口迁移证和粮食关系转移证明，都必须分别开给学生本人。”

第六条让人感到母校带来的最初的温馨：“学生须带全年所需衣服（冬季需穿棉衣）、被褥、蚊帐、餐具、雨具、热水瓶及其他生活和学习等用品。”

第八条写道：“办理入学手续时，须交最近拍摄的一寸脱帽半身正面照片六张（务必拍摄报名登记照，切勿拍摄美术照）。复员军人应交不佩戴领章的照片。”

正是这一条须知，让我很快走进照相馆，拍摄了一张近照。报到那天，六张照片，分别贴在登记表、学生证等一干证件上。从那天起，我成了复旦大学中文系 77 级文学专业的学生，我们班的信箱号为 7711，这个数字，从此成了我们班级的代号；我的学号是 7711026——它将陪伴我一同走过复旦四年，它也是我的毕业证上的号码。

几年前，复旦大学百年诞辰纪念，7711 的同学们相聚母校。这一次，几位热心的上海同学为每个同学精心准备了一个意外的礼物——大学入学登记表的复制件。在登记表上，我见到了参加 1977 年高考之际的我。当然不戴帽子，也不侧着身体，中规中矩，与准考证上的那张照片上的那个我，模样真的大不相同了。

准考证—试卷—入学注意事项—入学登记表，四个小物件，把30年前那一刻的记忆串联起来，具体而生动。登记表上填表日期为1978年3月9日。

一个多月后，在大学校门口，一位新闻系的朋友刘平，为我拍下了进校后的第一张留影。未来的新生活，从此开始了。

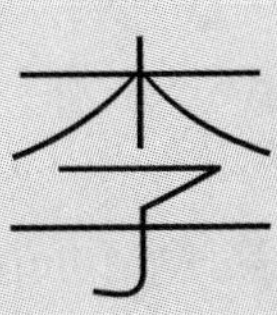

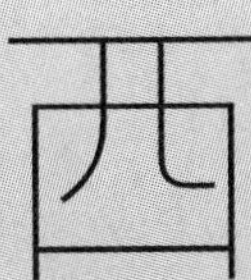

1948 年出生于广东普宁南径镇龙门村，1968 年下乡，1972—1975 年在华南师院物理系学习，1978 年考取中山大学物理专业研究生，1979 年参加李政道教授主持的美国物理研究生入学考试，获得全国第二名，被美国哥伦比亚大学、耶鲁大学等名校录取，1985 年获美国纽约市立大学高能物理博士学位。现任美国国际华人科技工商协会主席，美国哥伦比亚国际大学校长。

//

恢复高考后的四个十年

1977 年高考的恢复影响了一千多万青年的命运。我也是其中一位。

1966 年我在华南师院附中跳级到高三，准备参加高考。可惜离高考仅差半个月时间，就发生了“文化大革命”，高考取消了。我失去了参加高考的机会，1968 年下乡到老家普宁。在高中时，我就自学了大学物理系的课程，高考的志愿只有一个，就是北大物理系。当年下乡的口号是“扎根农村一辈子”，这对我的冲击之大，后辈可能是难以理解的。不过，我并没有放弃，下乡前，组织了几位志同道合的同学，成立了一个自学小组，决心在下乡后继续自学，工作之余进行研究。我们的梦想，就是我们将来能在高能物理界异军突起，震惊世界。

下乡后的第一个考验就是秋收大忙。虽然以前我们也下乡支农，搞过秋收，但真正做一个农民之后，感受到的劳动强度之大，那可真叫刻骨铭心。割完一天的稻子回到家里，我才发现，上厕所我竟然无法蹲下来，只好半站着大便。不过回到我的小屋后，我还是在煤油灯下，继续念理论物理教程。我相信，国家总有一天会需要科学家的。我是扛过来了，但是，我们自学小组的很多朋友就没有那么幸运。有的同学退出了，有身体的问题，环境的压力，思想的改变。更恐怖的是，我的一位朋友，受不了环境巨大变化的刺激，疯了，爬到大学的课室大楼的屋脊上狂奔，然后纵身一跳，结束了年轻的生命。这事对我刺激非常之大。我和他下乡的地方远隔千里，但我在他的来信中已经感到他的精神状态不太正常，可是我却束手无策，帮不上一点忙。那么严苛的环境之下，还要自学大学课程，叠加的压力，再加上政治环境的变化，要精神错乱，也是很容易的。有时，当我头顶烈日，满头大汗使劲地踩着人力打禾机时，想到逝去的时光和朋友，不由得悲从中来：难道我李大西的价值就是一台 0.1 匹马力的内燃机？内燃机还不需要像我这样要吃饭、穿衣呢！分不清咸咸的究竟是汗珠还是泪珠了。

坚持下来就是胜利。我的努力也感动了乡亲们。我们村里后来办起了龙门学校高中部。找不到数学和物理老师，就请我去。因为农村的孩子上学晚，我当时的学生，有的比我还大呢。我们一起努力，把龙门学校办成了我们县的先进学校。后来，我的不少学生在 1977 年高考时考上了重点大学。

1972 年，林彪倒台后，我又迎来了一个重要的机遇。大学开始从工农兵招生了，叫工农兵学员，而且还要考试。不过这考试和 1977 年以后的高考是天差地别。我们全县 150 万人口，只有 100 人有资格参加考试，录取 25 人。这 100 人必须起码下乡或工作两年以上，要经过大队、公社等层层推荐、考察、竞争。我们公社当年 6 万人口，19 个大队，首先每个大队选出 1 人，到公社再选出 4 人到县里参加考试。还好我们大队的乡亲和领导很爱惜人才，一致推选我去考试。我当年读中学时在我们县数学竞赛得过第一名，当年又曾以第一名的成绩考取广东省名校华师附中。当时我下乡表现很好，公社领导决定让我以公社第四名的身份到县里参加考试，保证我们公社有一人上榜。就这样，得到家乡父老帮助，我终于取得高考资格，并被华南师院物理系录取，成了工农兵学员。

虽然在当年的工农兵大学中，要花很多时间在政治运动和教育革命中，但比起我的同班同学，我是幸运太多了。在华南师院的 3 年中，因为所有课程我都自学过了，每门课程，我都没有去上课，只参加期末考试。这其间我参加了激光、彩色电视、集成电路等项目的研发，参加编写了电工学教程，增长了不少实践经验。但是，真正能有时间全心全意投入我梦想的高能物理理论研究，却要等到我参加 1978 年“文化大革命”后的第一届研究生入学考试后，才得以实现。

1978 年的全国研究生招生考试是停止 12 年后的第一次，意义非常重大。不过，荒废多年之后，很多考生的成绩都惨不忍睹。我的英语基础很差，中学学的是俄语。英语全靠自学，可以阅读专业的英文教科书和论文，但是，连“早上好”这样的日常用语都不会，可是在全部考生中，我的英文考试成绩还算是最好之一，被选派为教育部公费出国的研究生。就是 1978 年这次研究生入学考试，又使我有了出国留学的梦想。可惜那时候，我们对如何申请美国大学研究院一窍不通，国内没有 TOFEL 和 GRE 等考试，美国大学也不了解中国学生的水平。我申请了几个大学，全部杳无音信，连回信都没有收到一封。不过，正是 1978 年的研究生考试，使我了解了严格的物理考试的方式，当 1979 年李政道教授来中国招收物理研究生时，有了一点准备。1979 年，我和全国 17 个重点大学的代表上京赶考，参加了李政道教授的招生考试，并得了全国第二名，被当时美国哥伦比亚大学、耶鲁大学和纽约市立大学全额奖学金录取。于是，我 1980 年就去了美国攻读物理学博士学位。

现在回想起来，我在美国的第一个十年（1980—1990 年）是做物理研究，刚开始就雄心万丈。我到美国第一年就通过了博士资格考试，在世界顶级的物理刊物《物理评论》上发表了第一篇论文。我专注的是超弦理论，想完成爱因斯坦没有完成的事情，把电磁力、强力、弱力和引力统一起来。不过努力了 10 年，才明白问题很大，可能要 50 年才有答案。这时，有位华尔街的猎头听了我的物理讲座后，对我说，你能够做宇宙的模型，那么一定能够做金融模型。世界大得很，不如到华尔街来，你的模型不用等 50 年，几个星期就可以知道对不对了。我经过十分痛苦的思想斗争之后，终于下了决心，换了一个跑道。

1991—2001 年，我在华尔街又做了 10 年，进了世界著名的投资银行所罗门兄弟公司和雷曼兄弟公司。我参加了一些重要的投资活动，为中国金融改革和解决银行问题做了一些建议。到了 2001 年“9・11”事件以后，看着我原来工作的世贸大厦成为冒烟的废墟，想着我那些尸骨无存的同事，我受到很大震撼，夜不能寐，强烈地感到，生命太过脆弱，是时候应该出来做自己想做的事情了。

2002 年，我开始了在美国的第三个十年，全心投入到了国际华人科技工商协会的工作中去，把顶尖的人才、先进的技术介绍到中国，也做风险投资，扶持留学生创办企业。现在到了第四个十年了，我认为教育非常重要，愿意把这个 10 年贡献在教育领域。我做了美国哥伦比亚国际大学校长，这个学校是个很小的新办学校，但我们有个好的愿景，希望它能够成为有大师的学校。

时间过得飞快，转眼恢复高考到现在 40 年了。时代对我们这一代人寄予了很大的希望，我们自己也怀揣梦想。现在回头来看，为什么我们这代人出不了什么大师呢？这是值得我们好好思考的。我认为有个非常大的理由，我们被“文化大革命”耽误了 10 年，人生最好的这段时间给耽误了。虽然我们很有决心，也不容易被打倒，但很多东西不是很容易挽回的。我当年中学的一些同学很有才华，但经过 10 年再考上大学以后，发现才气已经褪去了。我的中学在广东省里算是最好的，但整个 1977 年考上来的老同学都没有出什么特别杰出的人物。我觉得人生有个很重要的阶段，你浪费的话，就会损失整整一代人。我到

美国后，觉得中国人考试很行，但是做研究，就没有多少人能做出大事来。我到美国第一年就在世界顶级物理期刊上发表了论文，这对美国人来说也是不简单的，但后来却没有比较有影响力的结果。我认为有两个原因，一是和当时发病有关系，我到美国第二年就不幸发现得了听神经瘤。不幸中之大幸是，听说这个病在中国死亡率是 25%，在美国只有 5%。所以我的手术在美国顺利完成了，没有太大的后遗症。也许这手术对人的创造力会有一些微妙的影响。不过，我认为，出不了大师更重要的原因和教育体制有关系。中国的教育体制不太有利于创新能力的发展。我一直在想，我们这一代如何教育下一代，特别是我们很多人都出去留过学，也知道国外教育的长处和短处。我们应该怎么来发扬这个长处？ 1977 年的高考对我们人生有很大的影响，但那个高考只不过是把旧的考试制度又拿回来了而已，这 40 年来我们却没有很大的实质性进步。我认为中国高等教育好的地方仅仅是达到了普及，但是在培养精英方面还有所欠缺，这个欠缺和高考制度有关系。

中国应该推行教育的多样性。在我们一生中，应该对国家，也许对下一代能做点力所能及的事情，特别是在教育上。我愿意为此努力。

那三届

马勇

安徽濉溪人。1979 年考入安徽大学历史系，1986 年获复旦大学历史学硕士学位。同年至中国社会科学院近代史研究所工作。现任中国社会科学院近代史研究所研究员、中国社会科学院研究生院教授、博士生导师，兼任中国现代文化学会副会长兼秘书长。主要从事中国学术史及儒家经学、近代中国文化、近代史、现代化史、文明史等研究。出版学术著作三十余种，如《汉代春秋学研究》《梁漱溟评传》《中国近代通史（第 4 卷）：从戊戌维新到义和团（1895—1900）》等。主编《中国现代化历程》。

没有高考，我还在农村“修地球”

第一代农民工

1979 年 7 月，一年中最热的时节，24 岁大龄考生的我，走进考场。我印象最深的是当时的高考考场有三十多个，里面几千人参加考试，可以说浩浩荡荡，非常壮观。

我 15 岁前一直种地。高考对我来说，确实是改变命运的机会。我们兄妹七人都通过高考走出了农村。没有高考，我们可能还在农村“修地球”。

我出生在安徽最穷的濉溪县，当地人称“安徽的西伯利亚”。小时记忆里，一年到头就是吃红薯，早上煮红薯，中午红薯面条，晚上红薯窝头、炝红薯丝。所以到北京这么多年，无论别人怎样劝，我绝对不吃红薯。小时候吃够了！

15 岁前我没有离开过那里，当地信息闭塞，直到改革开放前，大家还一直沿用阴历日期。直到上大学填档案，我都不知道自己的阳历生日，非常好笑，只好选择接近毛主席出生日期的一天作为生日。

我曾在《学术起步》一文中说，农村孩子的唯一出路就是当兵。可高中毕业后，因为体检不合格，我没能够参军，只好第二年去了杭州警备区。

在前往杭州的军车上，我第一次吃面包；到警备区的第一顿晚饭，吃了人生第一顿米饭——三大碗，就着一点清水煮青菜。

在那儿，我待了 3 年多，除了站岗执勤，还有一件事就是理论学习。

1971 年“批林批孔”运动，领导经常安排我写学习中央文件的心得，抄大字报。这是我第一次接触中国历史，接触政治理论。当兵的第二、三年，我有一次被推荐上大学的机会，也参加了考试，但后来没有去成。很久以后才知道，我的名额被一位首长的孩子或首长身边的人给顶替了。

1977 年恢复高考，我觉得机会来了，但村里大队书记给我泼了一盆冷水：“你怎么有把握考上？”我有些心灰意冷，在书记推荐下，到了淮北煤矿，成了第一代农民工，并与高考失之交臂。

我在矿上，被安排在最危险、也是劳动强度最大的掘井队，从平地上挖出一个 800 米深的竖井，井道里布满瓦斯。我至今都记得那个场景，能清楚地说出那份工作的四道工序：打眼、放炮、出矸子、钉道。

改变命运的希望

1978 年，由于对技术人才的需要，煤炭部开始在各地办煤炭技术学校。我通过相关考试，被“淮北煤炭技术学校”（中专）录取。我很满意，真的，毕竟在那里学习两三年，有机会去煤矿当技术员，这比下井的一线工人好多了。

我的一位高中同学就没这么幸运了。他也是矿上的工友，在我到煤炭技术学校报到之前，他就因工作时出现意外去世了。

这件事像个噩梦，在我心里落下了阴影。我发誓一定要参加高考，彻底离开煤矿。正好那一年我弟弟参加了高考，而且以全县第一名的成绩考上大学，我在他身上看到了希望。

要说复习非常辛苦，七八个月，连头发都没剪过，人也瘦。那个时候的我应该是自信心最强的时候。实际上，对于考试的东西，我什么都不懂。复习就是一遍一遍看书，把能够找到的书全都看完。然后再做习题，一遍又一遍地做。

我还记得上补习班的情形：大家吃完晚饭就冲进教室，轰轰烈烈几百号人，拥挤不堪。但大家一点声音都没有，听老师讲、做习题。回想起来，非常激动人心。现在有很多关于高考的影视剧，应该把这种情景拍出来，是一种精神的象征。

1979 年我 24 岁，是大龄考生，确实没有把握。从 1966 年到 1976 年，我是混过来的，没有学过什么。对我来说，这是最后的机会。

最后，数学考了 13 分。原本信心满满、以为可以拿 90 分甚至 100 分的政治，只考了 59 分。总分 361 分，这个分数是安徽大学的最低分，也是入校学生中的倒数几名。之所以报考历史系，除了兴趣，还一个原因是历史专业没人愿意报，录取分数低。像一些热门学科如经济学、法学，我根本不敢报。

考上大学，我父亲很高兴。后来，兄弟姐妹都陆续上了大学，对整个村起到了带动作用。我们从村里搬走后，老房子被亲戚要走了，几十年都不改变房间格局，就希望能沾一下好运。可见，高考的作用有多么大！

“读书是很高雅的东西”

我在大学挺刻苦的，几乎不出去游玩，也不看电影。每天吃完晚饭，就跑到阅览室上自习。在 4 年的本科学习里，我几乎把图书馆里所有中国史方面的书都读光了。我年龄大，有一种补偿心理，要把失去的时间补回来。

记得去图书馆借的第一套书——侯外庐的《中国思想通史》。这本书给了我很大震撼。通过这本书，我开始追踪阅读，书里讲到哪本，我就找哪本。我几乎把安徽大学图书馆里与专业相关的书都读完了。

20 世纪 80 年代的风气非常好。那个时候还没有市场，也没有疯狂的经济大潮，大家都觉得读书是很高雅的东西。扎扎实实读书，求上进。学习的动力与当下不同。我们努力学习不是为了找到一份好工作，而是希望能够为国家、为人民、为民族的繁荣富强贡献自己的力量。

我的宿舍一共 7 个同学，每天大家都非常焦虑，不停地学习，想拼命抢回丢失的时间。80 年代初，影响我们的是“为中华之崛起而读书”这句口号，此外，还有中国女排。每一次女排只要获得一个奖项，学校里面就很亢奋。当时我们都觉得是在大的群体中，不像今天从小我立场发展自己。

1983 年我考上复旦研究生，老师是朱维铮。在上海，新事物、新思想都在这里汇集，眼界比在安徽大学又开阔了些。毕业后，老师帮我联系了社会科学院历史所。后又改派近代史研究所，就这样走上了近代史研究之路，一走 30 多年。

一生被外力推着走

我这一生都是在外力下往前走的，都是被动的选择。我们这一代，因为特殊历史原因，或参过军或下过乡。这些经历坦白说，有好有坏，先天不足。和我国台湾地区的同龄人相比，我们没有完整接受从童年到成年的教育；和后一代相比，我们也很自卑，因为没有学习的童年。但从另一方面来说，这段经历对我研究历史，又有好处——能近距离观察社会，特别是农村的经历非常有用。

我看农村史料，比如研究义和团问题，能很自然地理解参加义和团农民的心情。后来我当兵，也可以理解为什么晚清的中国军队老打败仗等。

另外，高考也让我明白：文科不能胡说八道。我当过兵，也比较会说。上中学的时候，我们村头有个盐场，我就到那儿的报栏读《参考消息》《人民日报》等。高考政治主要考时政，我以为都会了，使劲写，奋笔疾书……结果只得了 59 分。后来我反思，不能胡说，没有讲到点子上等于白说。

高考是中国社会阶层流动的主要途径，我们应坚持改进高考而不能否定它。40 年前的高考改变了我和兄弟姐妹的命运。现在，我们家的下一代要么在国内读研究生，要么出国深造，如果没有高考的恢复，很难想象会是什么样子。

人这一生充满偶然。在时代的滚滚洪流中，不断跟命运抗争，又不断妥协，每个人都不例外，都是历史的过客和走卒。

那三届

孟晓苏

经济学博士，教授。1949 年生于苏州，毕业于北京大学。曾任第七届全国人民代表大会常务委员会委员长万里同志秘书（1983 年到 1990 年）、原国家进出口商品检验局副局长（1990 年到 1992 年）、中房集团董事长（1992 年起）、幸福人寿董事长（幸福人寿创办人）。现担任中房集团理事长、幸福人寿监事长、汇力基金董事长、中国企业家联合会执行副会长等职务，被媒体誉为“中国房地产之父”。

//

还记得那句“团结起来，振兴中华”么

1966—1977 年，我在北汽做工人，后来当了以工代干的干部。在工厂我干得还是不错的，我是技术能手，被评为先进，十年当工人就学会了抡大锤，大锤抡下来右胳膊比左胳膊长了 5 公分，最后把大锤抡得行云流水。

后来我到中南海做秘书，做衣服的师傅发现我右胳膊比左胳膊长。现在虽然做衣服不好做，但是干别的事儿方便，比如打高尔夫球，正好握杆。我考大学完全是意外，因为我在工厂里应该说还混得不错，还当了个政工组副组长，28 岁了，也不好意思报考。听说 28 岁就不让报了，我就没报，后来工厂教育科长老乔替我报了。他一报名我们一党委副书记说，孟晓苏得走了，我说，我还没考呢，你怎么就认为我走了呢？他说，你平时的文学功底还是能考上的。

因为当时困难时期吃不上好东西，喝不上牛奶。我父亲是个老领导，机关给他派送牛奶。我考试那一天，我妈扎扎实实给我弄了两杯牛奶，没想到那个东西催尿，刚开始考试我就受不了了，最后硬憋着尿把政治考试考完。当时不是想着怎么得分，而是怎么少丢分。回家和我妈一说，老太太紧张了好些日子。直到两个月后发通知书，我一看封面上写的是北京大学，我当时还猜这是不是拒信，因为高考停滞了这么多年，打开一看却是北京大学中文系新闻专业，可把我乐坏了。我妈乐哭了，老太太恐怕她那两杯牛奶害我一辈子。

我的高考故事被录成了一段视频，我把它发给了母亲，90 岁的老太太看后笑了，笑完了又掉眼泪了。这段历史对我们来说真是历历在目。我们大学期间，虽然中国经济不景气，但同学们对未来充满期望。1981 年 3 月 20 日，中国男排打败韩国在亚洲区出线，晚上 10 点钟校园里就开始敲砖打碗，还有同学摔玻璃，点着了笤帚当火把，到五四广场去游行。

我们中文系的同学喊出一句口号“团结起来，振兴中华”，这句口号一晚上就传遍了校园，第二天传遍了全国，成为报刊头条。这句口号也成为时代强音，代表了我们 77 级、78 级、79 级。当时在广场游行的就是那三届这帮人，他们的口号反映了全国人民的心声。我们 40 年干下来不就是为了这个口号吗？在当年这种精神激励下，我们还真是靠着自己和全国人民的力量改变了中国。

大学不仅给予我们系统的知识，也带给了我们信心。当时我们在上大学时听着广播喇叭广播《新闻联播》，广播安徽农民为什么要去讨饭，专家解释是，安徽农民就有这个讨饭的传统，当时我们同学很奇怪，为什么找这样的专家。学生们当时就能对《人民日报》关于农村承包制的评论提出质疑。正在我们提出质疑的时候，有一个叫万里的老同志，当时在安徽就率先推动了农村改革，他也听到了这句话。他说，如果农民吃饱了，谁还去要饭？还不是因为吃不饱饭！

我大学毕业后有幸给万里同志当了八年秘书，后来在全国人大当秘书局局长的时候又为习仲勋同志服务了一年半。前年凤凰卫视发表了对我的这段访谈，我有两段话：“改革从安徽开始，就是从万里同志开始”，“开放从广东开始，就是从习仲勋同志开始”，这恰是我在80年代工作的重点，也应该成为全国人民的共识。因为第一句话是邓小平同志说的话，后来习近平总书记又肯定了两回，一回是到了安徽凤阳，一回是万里同志诞辰100周年。开放从广东开始没错，当然是从习仲勋同志开始。

40年后回首往事，一切仍历历在目。那三届每个人都经历了一番上大学之前的苦难和上大学之后的辉煌。这些经历是宝贵的，我们当年设想的东西都成了现实，落实成了当今国内的政策。

改革就这么一步步走过来了，而我们如今开放的思想都起源于大学时期所受的教育。希望我们不忘初心，同时也让年轻人了解那段难忘的历史，按照我们当年的理想，继续前进。

那三届

牛军

1977 年考入中国人民大学中共党史系，现为北京大学国际关系学院教授、博导，中美关系史研究会秘书长，北京太平洋国际战略研究所特约研究员。研究方向为中国外交史、美国外交、中美关系史。主要著作:《从赫尔利到马歇尔：美国调处国共矛盾始末》《从延安走向世界——中国共产党对外关系的起源》《同床异梦——美国的欧洲战略》。另有《从杜鲁门到里根时期的美国外交政策》《中美关系史（1949—1972）》《冷战与新中国外交的缘起（1949—1955）》等。

昔年记忆

1966 年高考中断时，我正好读完小学四年级。1969 年，我随父母去到了河南正阳县的一家公社，那时已是上初一的年纪。公社有一所中学，离农场很远，我们上学来回得走上 20 里路。不过，公社中学的大部分时间都在劳动，上课很少。有几个同行的教员，有时他们会组织我们学习。这样的生活持续了 3 年。

1971 年秋，我回到北京，赶上北京恢复高中学制。当时有两个选择：当兵或上学。我几乎没有犹豫，选择继续上学，到了北京第 166 中学（注：第 166 中学前身是“女 12 中”，当时北京市属重点中学之一）就读，成了北京恢复高中后的第一届学生。高中读了两年，又去插了 3 年队，后来便到了一家出版社从事校对工作。

1977 年，停滞 11 年的高考得以恢复。听到消息时，我觉得终于有机会靠自己的努力上大学了。那一年，我 22 岁。当时工作比较稳定，在单位表现还不错，留下也有一定的发展前景。不过，我还是选择了报名参加高考。

考试前，我的高中老师推荐了一些复习教材，书不多，只有几本，很快就复习完了。我在高中时期的学习相对扎实，还能应对高考。

当时，我报的是文科，考试科目共有语文、数学、政治和历史地理四门，历史地理合并为一科考试。

现在我还记得当时的作文题目:“我在这战斗的一年里”。在考场上看到这个题目的时候，我有些“发蒙”，一时不知该写些什么，后来就写了出版社印刷厂里一天繁忙的工作。分数出来后，没想到考得最好的是数学。

那年高考，我们可以报 3 个志愿。我比较喜欢文学评论，但在那时候，经济建设是国家的工作重心，从事这个行业能符合国家需要。因此，我的第一志愿是北大经济系，第二志愿报的是当时的北京经济学院，第三志愿报的才是河北大学的文学评论专业。

出结果后，北大经济系录取分数线很高，我的成绩差了十几分。幸运的是，我赶上了中国人民大学复校，人大从落榜的考生中择优选拔了一些人，于是我被录取到中国人民大学中共党史专业。其实，有些运气的成分在里头。

1982 年，我从中国人民大学本科毕业，后来读了硕士，留校任教，又读了在职博士。1990 年，我被调到中国社会科学院美国研究所。2001 年到北大任教至今。

从进入中国人民大学中共党史系读书到现在，一晃四十年过去了。我们这拨人感慨起来想吟诗词，自己不会写，结果也就是想起毛主席诗词的几句:“三十八年过去，弹指一挥间”。当然毛主席是打下一座江山，我们就是有的写了个书，有的挣了一些钱，有的当了啥官（什么什么级待遇）。所以，感觉日子过得快。大家心情是一样的，内容实在无法比。

年过半百的人都经历不少，也开始回忆往事了。半辈子一段一段的，最难忘的是在大学的将近四年，见面最亲切的还是大学同学，还有

从小在一个大院子长大的发小们。中学那一段都忘得差不多了，这几年可能是因为岁数大了，忙忙碌碌的日子也有些烦了，大学同学来往渐渐多了。每次坐在一起，不论是哪一拨，至少一半的时间都在遥想当年。上课从抗震棚到小平房；住宿从走读到部分住校到最后全都住校；海淀区人民代表自由竞选；旅游从假期的结伴出行到最后一年外出实习。谈着各种很搞的笑料，互相补充各种情节，有时笑得眼泪都快出来了。快乐使人健康，有些回忆会使人快乐。对我来说，使我快乐的那些回忆，大部分就是在党史系 77 级那三年多。当然了，聊过了、回忆了之后，也难免惶恐，也很感慨："真的老了，也开始回忆了。"

我是经常回学校的，主要是因为业务的关系。开会、参加研究生答辩、看导师等等，正式的纪念活动参加得不多。其他院系或低一年级的同学中，有的还把我当人大的自己人呢。班里留校的同学不算，没留校的同学中，我还真可能算回去最多的。由于上述事情常回去走，算是眼看着中国人民大学旧貌换新颜。

说真的，每次回校园都有感触，都会遥想 77 级当年。看着都变了模样的老地方，就会想起当年的情景。哪里是那排旧的教室，现在全不见踪影了；哪里是同学住过的宿舍楼，现在给包装得跟老太太涂了胭脂似的；哪里是邮局、书店，现在新了可没了味道；哪里是当年的运动场，现在都成大楼了。党史系办公室、资料室去过两次，现在搬进新楼，还没拜访过。总之都变了。

大学的事情留在记忆中是很自然的事情，这些记忆流露出来也是很自然的。北京大学电视台有个节目《美丽人生》，是介绍各院系同学关心的老师的。节目组给我做过一期，没有主题，没有预案，随问随答，可能就是为了自然。播出的时候我没看到，后来同学给了我一张光碟，十几分钟，大部分时间是谈在班上的事情。不知怎么记忆就从问答中流淌出来了。其中一些是学习的事情，主要谈的是上课，一些老师给我留下的印象。不是评价他们的学问，都是谈的师德，谈老师怎么给我们上课。现在还有那么敬业的老师么？一个个对自己的工作那么认真，对自己研究的学问那么投入，还同自己的信仰、情感连在一起。在节目中我说了一句大实话："我做不到。"当然，也是有很重要的客观原因的。

看了光碟后意识到，党史 77 级三年对自己的影响有多大。现在自己做老师，行为标准中的很多内容可能就是那些年潜移默化地留下来的。记得最后一学期一门有关民主党派的课最后一次课结束时，授课老师说了一句话："你们工作了，要学会保护自己。"总记得这句，"要学会保护自己"。在中国，这是父母从小教给孩子最重要的话，也是人一生不论走到哪里，在哪个阶段上，都必须默诵的至理名言。大学即将结束时，老师再次提醒我们。

在大学时，我也有过"迷茫"。当时，一位北大哲学系毕业生给了一些建议，让我觉得很受用。这个建议，就是重视写作。

在大学的学习过程中，通过对优秀作品的阅读，我们的审美、鉴赏能力会迅速提升。倘若个人的表达水平与鉴赏水平脱节，便会开始不喜欢自己的作品，这是一件比较令人担忧的事。若能笔耕不辍，经常将自己的表达与经典相对照，并得到他人的意见与反馈，表达能力便能与鉴赏能力同步提升。这样的写作训练，从入学起即应开始。笔记、日记、随感……各种体裁、题材都能成为练习的手段。

总之，大学很美好很难忘。在大学生活中，学会管理自己最重要。

那三届

钱颖一

生于北京，祖籍浙江。1977 级清华大学数学专业本科毕业。毕业后留学美国，先后获哥伦比亚大学统计学硕士学位、耶鲁大学运筹学 / 管理科学硕士学位、哈佛大学经济学博士学位。之后任教于斯坦福大学、马里兰大学、伯克利加州大学。2006 年 9 月起任清华大学经济管理学院院长。2012 年当选为世界计量经济学会（Econometric Society）会士（Fellow），2018 年当选为清华大学首批文科资深教授；获得 2009 年度孙冶方经济科学奖，获得 2016 年度首届中国经济学奖。研究领域包括：比较经济学、制度经济学、转轨经济学、中国经济、中国教育。担任《经济学报》《清华管理评论》《教育》主编，《经济研究》编委会委员。现任第十三届全国政协经济委员会委员，全国工商联副主席，国务院参事，清华大学经济管理学院院长，西湖大学校董会主席。

教育决定未来

1972 年 8 月，我随父母从贵州回京，插班进了和平街一中。作为北京市“文化大革命”后恢复高中的第一届学生，当时有一种说法是我们这一批可以直接上大学，所以当时班级的学习气氛非常好。但是 1973 年发生了张铁生交白卷事件，一下子就变了，还是要从工农兵里面招大学生。我们所有的人在 1973 年底毕业后，于来年 4 月开始了插队的日子。我当时在北京密云县插队，现在来看，密云是个很近的地方，当时对我来说却很远，需要坐三个多小时的火车才能到。那个生产队是密云县最穷的，在插队的 4 年里，我几乎干过所有的活，修水渠、养猪、做饭、挑水抗旱、种菜、割草、种麦子、种土豆、种白薯……这段经历对我的人生有非常大的影响，让我对中国社会最底层有了最真实的体验。这段经历也培养了我的自学能力，我的英语和数学都是在田埂上学的。

1977 年 10 月 21 日，《人民日报》头版头条刊发《高等学校招生进行重大改革》的文章。50 天后，我走进了北京市密云县塘子中学的考场。1978 年 3 月 3 日，我踏入向往已久的清华园，成为清华大学数学专业的一名学生。

我的大一是1978年3月到1979年1、2月，大一发生了三件特别重大的事情：1978年5月，《光明日报》发表划时代意义的文章《实践是检验真理的唯一标准》；1978年12月，党的十一届三中全会召开，改革开放正式拉开序幕；1979年1月，中美建交，邓小平访问美国。这三件事对于我们国家都具有特别重大的历史意义，深刻影响着我的人生选择。20世纪80年代，在留学美国时，我从数学专业转向经济学，就是因为受到了中国经济改革的时代感召。

我在这40年的轨迹从清华大学开始，到海外求学读书任教，然后又回到清华大学。过去十几年我都在清华大学经济管理学院担任院长，担任教授。对教育问题，我有很多观察，也有很多思考。

我一直在想，为什么我们的学校总是培养不出杰出人才？

要成为创新型国家，我们不缺创新的意志、创新的热情，也不缺创新的市场、创新的资金，最缺的，是大量的具有创造力的人才。中国是世界上人口最多的国家，也是世界上在校学生最多的国家。中国高等教育在学规模3600万，高校在校生2700万，高校每年录取本科专科学生700多万，这些数字都是全球第一。中国经济GDP总量是全球第二，占世界经济总量的1/7。不过，相对于巨大的人口规模和潜在的人才规模，相对于巨大的经济总量，我国具有创造性的人才，无论是在科学技术成就、人文艺术贡献，还是新产品新品牌新商业模式方面，都显得很不相称，不令国人满意。

我经常会回想，现在的学生与我们那个时代的学生有哪些不同。从掌握知识的范围和深度而言，现代的学生可能远远超过了我们那个时代，但是，我们那代人的特殊经历培养了我们自觉学习的能力，培养了我们的批判性思维，某种程度上也培养了我们的创造性思维，这些正是现代学生最需要加强的。时代不同，环境不同，现在对创新、创造性的要求更高了，这样的对比对推动下一步的教育改革也是很有益的。

缺少创造性人才，教育首先受到诟病。这让我想到“钱学森之问”：为什么我们的学校总是培养不出杰出人才？虽然钱学森当时是针对学术研究而言，但这个问题可以推广到各个领域。更一般的问题是：相对于我们对教育的投入，相对于我们的人口规模，相对于我们的经济总量，从我们的教育体制中走出来的具有创造力的人才为什么这么少？

现在的教育体制有其长处，所以才有迄今为止的经济增长；但也有它致命的短处，尤其不利于杰出人才成长，不利于创新。

美国《纽约时报》2016 年的一篇报道，介绍了一项中国、美国、俄罗斯三国教育学家正在进行的研究。在对电子工程和计算机专业大学生“批判性思维”能力的初步比较中，发现一个有趣的现象：在大学一年级的学生中，中国学生的批判性思维能力测试是三个国家中最高的。但是，在美国和俄罗斯，大学三年级学生比大学一年级学生的批判性思维能力要高，但是在中国，大学三年级学生比大学一年级学生的批判性思维能力要低。这似乎表明，中国的大学在批判性思维教育方面起的是负作用。

所以，我对“钱学森之问”有一个简单的回答：不是我们的学校培养不出杰出人才，而是我们的学校在增加学生知识的同时，有意无意地减少了创造力必要的其他元素，就是好奇心和想象力。如果这是对的话，它对大学教育改革有重要的含义：大学除了教学生知识外，还要创造一种环境，尽力保护和鼓励学生的好奇心和想象力。创新取决于创造性人才，创造性人才取决于教育。在这个意义上，教育决定未来。

那三届

邵鸿

1957 年 11 月生，辽宁盖州人，1975 年 11 月参加工作，九三学社成员，南开大学历史系中国古代史专业毕业，研究生学历，历史学博士学位，教授。现任十三届全国政协副主席，九三学社中央委员会常务副主席。

//

推动高等教育供给侧改革

高考制度的恢复毫无疑问具有极其重大的历史意义。从我个人来讲，我当时的感觉是我解放了。因为在农村，一开始还满怀信心要改造农村，后来知道，这个农村你是改变不了的，而且在这里是看不到希望的，像老知青那样结婚生子，那绝对不是我这辈子想过的生活，高考给予了我们这样的机会。高考实际是真正恢复了中国的高等教育，高考不仅是个很好的教育制度，实际也是很重要的政治制度和社会制度，但是对于纪念高考 40 年来说，我觉得在这里做一个对高考制度的反思更有意义。

高考制度的弊端我们都很清楚，作为一种规范化的、机械的但又有很高效率的人才考核选拔方式，它一方面有很重要的社会功能，但另一方面它以升学过关为目的，以死记硬背为基础，以揣摩迎合作为方法技巧，这样一种考核方式难免会束缚学生的思想，导致学生难以全面发展。这么多年，大家都已经充分认识到了这些问题，国家也出台了很多改革高考的思路和举措，但目前看来效果应该说都不是很理想，比如考试内容，增加很多思辨性题目，改变考试科目和考试次数，这些看来解

决不了过度竞争的问题。我想到当年王安石说改革，说要把学究变秀才，可最后还是把秀才变成学究，几千年来在这个问题上的博弈没有很好的办法。增加数次考核的内容，比如特长生竞赛加分，社会服务加分，最近的高中成绩参照。从实践来看，这些办法往往也存在很多不公正、弄虚作假的现象。提高学校招生自主权，不可能大规模地实行，几百万考生量的情况下成本太高，而且往往导致不公正。

有人提出增加优质教育的供给，我想这个方向是对的，但目前看，在中国，大多数参加高考的学生都能够上大学，只不过想上什么大学，大家都想上北大、清华和其他“211”、“985”院校，但是北大、清华这些优质资源总是稀缺的，一般意义上的增加优质教育供给并不能解决问题。我认为这个背后有一些原因值得我们重视，大家经常讲中华民族重视教育的传统，亚洲文化圈普遍有这个问题，这个问题的背后还有更深层次的问题就是身份传统。中国古代秀才考上了举人才是晋升上等人的基本台阶，在当代考上大学也是改变草根身份的一个最基本平台。为什么家长比孩子更看重高考，为什么大家即使读职业教育也要读个高职、本科，很大程度上是身份传统在束缚大家的思维。

除此之外，我们的教育管理体制比较僵化，极大地制约了中国教育的供给，尤其是特色优质教育的供给。我们现在的学校体系基本是有行政层级的，学校资源分配则是按照行政层级来分配的。所以，在中国，部属“985”大学得到的资源更多，然后是省属、市属，最后是民办大学。这样的情况下，行政地位高的学校办学资源自然更加充分。在过去，公办学校录取率很低的时候，中国民办教育得到了一定的发展。随着公办大学的扩展，民办大学处于萎缩状态，优质的民办大学由于缺乏办学资源，无法得到很好的发展，自然也制约了特色学校的教育供给。

当前，上海的老百姓择校越来越倾向民办中小学，公办学校择校明显降低，这个现象值得我们深思。究其原因，是由于学校缺少教育家办学的环境，办学思想不仅僵化，缺乏发展动力，而且行政主导，教育弱化，并且千校一面，缺少特色。这个情况反过来又固化了行政等次和集中竞争的态势。在现在社会急剧变迁情况下，我们的教育很难灵活，也很难做到与时俱进。

最近典型的事例是安徽教育厅出现窝案，因为他们要批的东西太多了：学科、专业、调人、设备、职称……几十个学校，上百次的行贿，这样的情况下，学校怎么可能创造性地向前发展？大学校长们现在最难的就是没有办学自主权，这是制约中国高等教育迅速发展，同时导致激烈升学竞争的非常重要的制度原因。

我们需要大力推进教育供给侧改革，特别是“放管服”的改革。比如我们要大幅度提升学校的生源经费拨款，减少国家的专项拨款和各种各样的审批。教育行政主管部门要进一步放权，管理权力要清淡化，把办学的自主权真正地放给学校。要弱化学校的行政地位，提升学者治校的水平，努力营造教育家办学的环境和条件，要真正落实民办院校和公办院校在法律上一律平等的政策定位，为民办院校，包括中外合作办学发展创造条件，同时为适应新形势要求的新兴学校和教学形态的产生和发展创造条件，铺平道路。

当前，只有加快“放管服”的改革，创造良好教育家的条件，优质教育资源才能更大量、更快速地涌现，各种各样的特色学校、特色教育也会广泛出现，为社会提供丰富多样、高素质的教育供给。这样，中国教育才能更加发展，高考竞争的烈度才会有所缓和。

那三届

童世骏

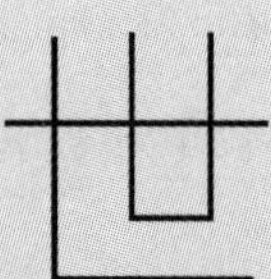

华东师范大学党委书记、哲学系教授。1978 年入华东师大学习，1984 年留校任教。1994 年获挪威卑尔根大学博士学位。2004—2011 年在上海社会科学院任职，担任上海社会科学院党委副书记，后兼任哲学研究所所长。2011 年起，任现职。主要研究领域为认识论、实践哲学和社会理论，已发表论文百余篇，出版学术著作十余种，其中包括《中西对话中的现代性问题》《批判与实践——论哈贝马斯的批判理论》等。

说说我们这代人的特点

我是 77 级年龄比较小的，上大学的时候基本相当于应届生。进校门的时候我已经有三年在国营农场工作的经验，甚至还有以工人理论学习小组成员身份在电台、电视台做哲学讲座的经历。

我想谈谈我们这代人的特点。我们这代人指的不是普通人群的概念，而是我认为我应该追求加入的人群，因为我们在高考恢复之前就有那么丰富的人生经历，也因为高考恢复对我们的人生产生了很大的影响，还因为过去 40 年当中我们有幸见证、参与和分享了中华民族非常伟大的经历。

我们这代人的共同特点可以用这样三句话来概括：知足、感恩又不满现状，不满现状又乐观向上，乐观向上又有怀旧思想。这个特点大概与我们对劳动、科学的理解有关，我们从小就被教育既要爱劳动又要爱科学，后来又被教育爱劳动比爱科学更重要。但什么是劳动呢？有时我们被告知，劳动是教育人的；有时我们又被提醒，劳动是惩罚人的。我们多数都有到工厂尤其是农村“接受再教育”的经历。那时的我们，虽然“知识青年”的身份要求我们能对作为教育的劳动与作为惩罚的劳

动做出理性区分，但高强度劳动的体验以及“干校”等建制的性质，却使我们不仅对科学，而且对劳动，也越来越迷惑不解。

高考恢复，让我们走出了这种迷惑，或者说，一下子让我们不用再思考要不要继续“爱劳动”，而齐刷刷都转向了“爱科学”。

40年后，当我们回顾自己成长经历的时候，当我们反思当代社会现象的时候，当我们在为发扬创新精神和工匠精神大声疾呼的时候，实际也可以说为创新精神和工匠精神普遍匮乏而痛心疾首的时候才意识到，不管劳动到底是教育人还是惩罚人的，忽视劳动的教育一定是非常糟糕的教育，鄙视劳动一定会受到严厉的惩罚。我们意识到，科学事业的核心内涵是创造，只有把科学当作改变世界的劳动，而不仅仅是解释世界的思辨，我们才算真正理解了科学，换句话说，只有我们同时是爱劳动的才算真正爱科学。

在我看来，我们这一代人对于人生到底什么是成功有着独特的理解。首先，衡量成功的不应该是现在所处的高度，而是与过去相比现在所达到的高度。对一个国家来说，“发展是硬道理”；对一个人来说，成长是硬道理。与此类似的是，不同类型的高校有不同的“好大学”的标准，不同类型的教育也有不同的“让人民满意”的标准。这些标准不管有多少差别，有一条却是共同的：真正意义上的“好大学”，首先是那种正在不断变得更好的大学；真正意义上的“让人民满意的教育”，其首要体现应该是人民不愿意抛弃今天的教育而回到昨天的教育。对后面这点我想特别强调一下：要了解一个国家或一个地区的人民对教育的态度，我们或许不仅要测量他们面对当前教育的“满意度”，而且要测量他们回到以往教育的“愿意度”。越发达的地区，他们对教育甚至对当前生活的满意度是越低的。2005年，我做过中国当代精神生活全国范围内的调查，基本情况是很清楚的，东部的满意度要低于西部地区。但重要的不仅是他们面对当前教育的满意度，而且是要测量他们回到以往教育的愿意度。东部地区也是更加不愿意回到过去的教育，所以不能简单地以满意不满意来测定教育的成就和高度。

第二，衡量成功的不应该是看你拥有多少东西，而是看你如何拥有这些东西。坐享其成而不是奋斗有成，算不上是成功；不劳而获的东西再多，不择手段得到的东西再多，伤天害理换来的东西再多都是人生的败笔或者人生的绝路。

第三，衡量成功的不仅仅是物质方面的生活，至少是社会生活和精神生活方面的幸福，物质生活上的身体健康、消费宽裕当然重要，但社会生活中的与人为善、社会尊重以及精神生活方面的心安理得、光明磊落同样重要甚至更加重要。对于走出贫困进入小康社会的中国人来说，对成功有这样多方面全面的理解。我们这代人如果不辜负所具有的经历，不辜负曾经的奋斗，应该对成功是有这样一种理解的。

那三届

王辉耀

博士，教授，博导，国务院参事，北京市政协委员，全球化智库（CCG）创始人、理事长，西南财经大学发展研究院院长，欧美同学会副会长，中国国际人才专业委员会会长，人社部中国人才研究会副会长，商务部中国国际经济合作学会副会长，中国侨联专家委员会副主任，九三学社中央经济委员会副主任，联合国国际移民组织顾问。广州外国语学院 77 级英美文学学士，加拿大温莎大学工商管理硕士，加拿大西安大略大学和英国曼彻斯特大学博士研究生，获国际管理博士学位（PhD）。曾任美国哈佛大学高级研究员、布鲁金斯学会访问研究员，北京大学光华管理学院和加拿大西安大略大学毅伟商学院客座教授等。曾任原国家经贸部官员，跨国公司高管，魁北克驻香港和大中华地区首席经济代表，创办过企业，是欧美同学会商会、2005 委员会和 CCG 创始人，出版中英文研究著作 70 多部，发表学术文章上百篇。

改革开放一代人：追忆与思考

“21 世纪始于中国的 1978”，这是英国学者马丁·雅克（Martin Jacques）多年前的判断[①]，也成为当今世界的普遍认知。改革开放四十年，拥有全球五分之一人口的中国书写了伟大的历史奇迹，今天的中国已成为世界第二大经济体、第一大工业国、第一大货物贸易国、第一大外汇储备国，对世界经济增长贡献率超过 30%，成为世界经济增长的关键稳定器和动力源。

如果把 1978 年看成是中国的改革开放元年，那么始于 1977 年的重新恢复高考制度就是最嘹亮的改革开放前奏。

1977 年 10 月 12 日，这天距离我到四川金堂县龙王公社农村接受再教育已经快两年了，那段日子令我终生难忘：我住的是离猪圈不远的

① 2009 年，英国学者马丁·雅克（Martin Jacques）出版《大国雄心：一个永不褪色的大国梦》（*When China Rules the World: The End of the Western World and the Birth of a New Global Order*）一书，从经济、政治、文化、社会等方面全方位地分析中国崛起在全球范围内所引起的经济和地缘政治的重大变化，指出中国作为开启另一种现代化发展模式的先行者，已能够融入世界体系并领导全球新秩序的重塑。

茅草屋，老鼠会把被褥咬得稀烂，喝的是不卫生的井水，照明只能用每月配给的半斤煤油，下雨天只能光脚走路，冬天，辣椒水被用来取暖。生活虽然很苦，我却相信“天将降大任于斯人也”，我也相信“长风破浪会有时”，我更相信，知识能改变一切。我每天坚持在煤油灯下读书到深夜，每周会走三四公里去公社取我订的《参考消息》，每天晚上我都坚持收听英语广播讲座，听完四川台，听贵州台、云南台……这天晚上，我像往常一样在昏暗的煤油灯下看书，突然，公社专线广播的大喇叭响起来：国家将于12月份恢复已经中止十年的高考！真可谓平地一声惊雷，激动万分的我，透过那盏小小的煤油灯，看到了国家的希望，亦看到了自己的未来。

两个月后，我和570万名出身不同、年龄悬殊、身份迥异的考生一起，从田间地头、工厂车间、军营哨所如过江之鲫般地涌向考场。经过激烈、公平的竞争，27万年轻人在第二年的春天，迈进了梦寐以求的大学校园，而我也成为这27万幸运儿中的一员。

经历过大起大伏、生活磨难的人更容易生发一种生命的紧迫感，只要时代给予一个机会，就会迸发出无限可能。从踏入大学那一刻起，我们带着这种来自生命的紧迫感和来自社会的现实感，争分夺秒，拼命夺回“失去的十年”。

广外（注：广州外国语学院）77级中，不少人已经工作五年，甚至十年，最大的学生与最小的学生相差可能达到20岁，但不管每个人的经历如何，大家都非常珍惜这来之不易的学习机会。那时候，学校教室不熄灯，大家读书到晚上一两点钟是经常的事情。广州夏天，蚊子尤其厉害，我穿上厚厚的牛仔裤，大汗淋漓中，苦读不止。

在广外我学的是英美语言文学专业，自然对国外文学比较注重。那时我经常如痴如醉地饱览大量的外国文学作品：从古希腊罗马文学到中世纪文学，从文艺复兴时期文学到十七、十八世纪古典主义和启蒙主义文学，以及19世纪的浪漫主义文学和批判现实主义文学。这些浩瀚的文学作品给我留下了非常深刻的印象。我们在学校选学了不少英国文学作品，最初是早期的盎格鲁—撒克逊文学，然后是乔叟的《坎特伯雷故事集》，而文艺复兴以来影响最大的作家则属莎士比亚。直至今日，莎翁的戏剧仍盛演不衰:《罗密欧与朱丽叶》《哈姆雷特》《威尼斯商人》《李尔王》……除了大读特读莎士比亚外，我还读了其他许多英国文学家的作品，如培根的《论读书》，拜伦、雪莱、济慈的诗歌，狄更斯批判现实主义的小说，哈代的《德伯家的苔丝》等。这些作家和他们的作品都给予了我丰富的营养，都是人类宝贵文化遗产的一部分。

虽然我学的是英美文学，但我觉得，不论学什么专业，都应该把自己训练成复合型人才，所以，我还阅读了大量的文史哲和政治经济类书籍，也常常偷溜到教师阅览室阅读世界各国的刊物。可以说，广外的四年也成为我博览群书的四年。

20世纪80年代初期，国际经济贸易正是改革开放的最前沿领域，大学毕业后，我被选拔到国家对外经贸部任国际经济合作官员，成为国内最早一批负责中国企业走出去的官员之一。其间，我参与起草的关于中国对外承包工程和劳务合作的报告得到了国家最高领导人的重视与批示。80年代中期，在经贸部做得顺风顺水的时候，我却意识到自己国际工商知识还有一定的局限性，于是我决定出国留学，放眼看世界，去读当时国内大多数人还不熟悉的MBA，由此开启了我在国际大学与国际社会的十年历练，也深刻体验了另一种文化和制度的精髓。1992年，邓小平同志发表南方谈话，中国经济发展潜力被再次激活，“要想做贡献，还是回来好”，小平同志对海外留学生期望之殷殷，深深触动了我内心深处。

容闳，一直是我敬仰的人物。作为一名当代留学生，我希望自己也可以为国家的留学事业做一些有意义的事情。20世纪90年代，我回国

不久就加入了欧美同学会，想通过这个中国留学人员最大的平台汇聚更多志同道合之人，推动中国海归事业。2002年，我提议创办了欧美同学会商会，为中国日益增长的海归群体中的商务精英搭建一个平台，我被推举为商会的首任创始会长，开辟了中国欧美同学会办会的新模式。在商会的基础上，我和田溯宁、王波明、李山、汤敏、王维嘉等又组织创办了高端海归的精英组织“2005委员会”，我担任了首届创始理事长。“商业企业家对经济而言意味着什么，那么社会企业家对社会变革而言就意味着什么。他们是那些为理想驱动、有创造力的个体，他们开拓新机遇，拒绝放弃，为建设一个更好的社会而努力。”① 我想，任何一个健康的社会都是政府、企业、社团三足鼎立的——不仅是企业发展，社会的变革也需要企业家来参与推动。在那些正处于急剧转型矛盾多发期的国家，社会企业家的贡献对于社会和谐的意义更为重大。

2008年，“同一个世界，同一个梦想”的奥运精神深深感染了我。这一年，我正好50岁，到了人生“知天命”的年龄，回首穿梭于东西方的这几十年，我深刻感受到当社会发展到一定阶段，一个国家不仅需要基础设施等硬实力，同样也需要智库等软实力。智库对一个国家尤其是一个正在崛起的大国具有重要含义，也是在这一年，我和苗绿博士创办了全球化智库（CCG），将中国的全球化战略作为智库研究方向，尤其注重全球治理、人才全球化和企业全球化方面的研究。这是中国第一个以“全球化”命名的研究机构。彼时，“全球化”概念远未如今天这般被国人所熟悉与接受，以至于当年在中国谈起“全球化”，还是一个相对敏感的词汇。今天，中国领导人高度评价中国参与全球化，习近平在达沃斯的演讲将中国对全球化的总结和理念提升到了一个前所未有的

---

① ［美］戴维·伯恩斯坦：《如何改变世界——社会企业家与新思想的威力》，吴士宏译，新星出版社2006年版。

高度，获得了世界各国的高度评价。习近平在党的十九大报告中更是明确提出要“主动参与和推动经济全球化进程，发展更高层次的开放型经济”。

2008 年，作为中央人才工作协调小组国际人才战略专题研究组组长，我参与了《国家中长期人才发展规划纲要》的起草工作，积极推动“千人计划”的出台。之后，我们提出的《中国留学人员回国创业启动支持计划》得到了原国家主席胡锦涛和原国务院总理温家宝的批示，并由财政部会同人社部联合制定颁发，作为支持全国留学人员回国创业的重要政策实行至今，取得了巨大的社会影响。2013 年，CCG 参与了中央统战部和欧美同学会的“留学回国人员面临的形势及未来发展战略建议”及“关于进一步加强欧美同学会建言献策功能的建议”等课题研究。研究中提出的欧美同学会应成为智囊团、人才库、民间外交生力军等新定位和设想，得到了欧美同学会百年庆典大会的采纳。2017 年，我们提交的《关于成立国家移民局的建议》得到有关高层领导的批示。此外，《关于提升中关村国际人才竞争力的建议》、关于华裔卡的建议等均得到中央领导的批示与关注。

十年磨一剑。我和 CCG 的努力得到了国内外的一致认可。2018 年 1 月，在全球最具影响力的美国宾夕法尼亚大学《全球智库报告 2017》中，CCG 位列全球顶级智库百强榜第 92 位，成为首个进入世界百强的中国社会智库，并在全球最佳社会智库榜单中被评为中国社会智库第一。同时，CCG 在国内多个智库排行榜也获高度认可，在南京大学与《光明日报》发布的《中国智库索引 CTTI2017 发展报告》中蝉联社会智库 Top10 榜首，入选中国社会科学院《中国智库综合评价 AMI 研究报告（2017）》“核心智库榜单”，以及在国家信息中心“一带一路”大数据中心发布的《“一带一路”大数据报告（2017）》中被评为“一带一路”最有影响力的社会智库之一。这一年，CCG 还获得了中国管理科

学学会评选的“2016—2017年度十大中国管理价值组织奖”，CCG的智库发展经验也作为经典案例被写入《中国管理蓝皮书》。

作为那三届中的一员，我想，历史上鲜有哪个群体能像我们这样，个体经验与国家时代命运如此高度重合，也鲜有哪个群体，能像我们这样，可以有机会如此深刻地影响一个国家、重塑一个社会。作为一个特殊历史时期产生的特殊群体，那三届的经历和道路不可复制，但那三届的精神却可以研究与传承。

那三届拥有丰富的阅历、广阔的视野并极富包容性。他们大多数人上大学前在农村、厂矿、部队经受过磨炼，历经了“社会大学”的风雨，拥有丰富的中国各阶层经验。倒置的成长经历和特殊的生活经验增加了他们理解事物的多样视角和包容性。其中很多人后来功成名就却依然为人随和、能屈能伸，即使做学问者也较少有迂腐气而多沉稳练达。那三届既经历过“文化大革命”前后理想的幻灭与反思，也有基层现实生活的历练，这代人既保有理想主义情怀又不忘积极入世，既超越又世俗。

他们比较勤奋、坚韧和执着。回忆起当年在大学海绵吸水般如饥似渴的学习状态，半夜集体在路灯下看书学习的情形，他们自身多有万千感慨。77、78、79级以平均不足5%的历史最低录取率获得上大学的机会，精英意识从被录取的那一刻便被社会和自我设定。在全民期待的目光和高度的自我期许中，那三届加倍找回“被耽误的十年”。重获来之不易的学习机会，从社会最底层瞬间成为天之骄子，经历过大起大伏、生活磨难的人更易生发一种生命的紧迫感，并始终伴随这个群体。于是，在大学学习的时候如饥似渴、争分夺秒，事业中坚韧执着、全力以赴把握机会。特殊的经历锻造出了一种百折不挠的毅力与韧劲，铸就了一种勇于追求、不甘沉沦的精神气质。只要时代给予一个机会或碰上新的机遇，就会马上迸发出特殊的能量。

他们拥有独立思考、反思精神和批判意识。“文化大革命”中，独立人格和自由思想受到全面打压，但很多77、78、79级却通过博览群书在时代缝隙中寻找到思考的乐土。因为教育系统几乎瘫痪，没有标准答案、固定教材和应试考试，“逮到什么书读什么书”，这种博览群书在封闭的时代造就了独立思考的一代人。越是独立思考者越具有反思和批判的勇气。这代人本就得益于一个时代的被否定和另一个时代的重新开启，敢于否定曾经的“真理”、反思精神以及批判意识天然地从属于这代人的精神基因。

他们身上富有强烈的历史使命感和社会责任感，这些来自于全民共识的投射加上自我期许的共同催化。从当年入学开始，这代人身上即承载和被投射了太多国家、民族的时代使命。人们希望，一批既有丰富的中国生活经验，又经历过高等教育的77、78、79级，能够为中国贡献大政治家、大思想家、大科学家，能够引领社会的进步与发展。因为个体发展总与国家命运高度重合，这批人生发出强烈的历史整体意识，历史使命感油然而生。无论从事何种行业或身处世界哪个角落，这个群体普遍热衷于关注中国社会宏观的国计民生、人文精神建设，渴望参与社会的整体发展，拥有超出专业范围以外的终极关怀精神。

他们的人生轨迹恰处在中国社会从封闭走向世界的历史拐点，这批人普遍思想解放，不少人拥有国际化视野。随着中国改革开放的全面展开，中国开始大规模地融入全球化的浪潮之中，译介海外思潮经典的“走向未来丛书”曾是这批人中最流行的读物，中外思想的碰撞和现实的差距也最早被他们体察。作为改革开放的一代人，77、78、79级最早感知和历经了中国重新全面走向世界的过程。他们中的很多人在大学毕业后成为改革开放后首批选派的留学生，接受了西方教育。对部分77、78、79级而言，“中国是世界的中国，国际是我们的舞台”，他们活跃在世界各地，成为中国为世界贡献的国际化精英。他们是改革开放最坚定的捍卫者，是中国国际化的重要推动力量。

40年来，他们分布于政商学的各大领域，大多成为行业的中流砥柱。在政界，他们设计和推动着改革开放进程，以开拓进取的精神推动着中国社会的进步；在商界，他们成长为中国最有影响力的一批投资人与企业家。他们在第一线参与和见证了改革开放的风雨历程，参与和见证了中国市场经济从无到有的建立过程。他们是现代企业制度的试水者，是资本市场的拓荒人。从政府到民间到国际商业舞台，他们摸爬滚打，在中国企业史上扮演着开路架桥的角色；在学界，他们着力进行着更加深入的中国国情与进步的研究，并从经济与政治体制上深入反思与设计中国的制度框架。

他们经历过那个动荡的年代，他们真实体验过社会底层的疾苦，他们保有独立思考、追求真理的精神，他们怀有忧国忧民的使命。40年前，时代将那三届推上历史舞台，他们成为改革开放的见证者、受益者、参与者、推动者。40年后，他们将继续承载着过去的光荣与未来的梦想，将改革开放带入深处。

我相信，中国的未来将着上他们的底色。

王振耀

教授，深圳国际公益学院院长、北京师范大学中国公益研究院院长。哈佛大学肯尼迪政府学院公共管理硕士，北京大学政府管理学院法学博士。王振耀教授曾在国家民政部工作22年，为普及中国农村直接选举制度、建立城乡最低生活保障制度、创建国家自然灾害应急救助四级响应体系作出了重要贡献，在汶川地震救灾过程中受到国家表彰，并推动建立了孤儿津贴、老年人高龄津贴等多项国家基本社会福利制度。

恢复高考，我的人生分水岭

有人曾经问我：如果没有恢复高考，你设想会怎样度过这四十年？

这确实是一个很大的题目！恢复高考，改变的首先是国家的发展格局，从而为整个国家的现代化发展奠定了坚实的人才支撑体系；在这样的格局中，我自己当然也受到根本改变。如果高考不恢复，按照我1977年在军营中的生活与工作节奏，完全有可能从军直到退役。但是，十分突然恢复的高考，确实重塑了我的人生。

2012年，我曾经写了一本书，题目为《不变的是原则　万变的是方法》，总结了自己从事行政管理工作的一些经验，而那样的一些感受，可能是我们这一代人才会拥有。因为，恢复高考后的77、78、79三届大学生，确实相当特殊。整体上，我们这一代人在应当上大学的年龄即20岁前后，是在农村、工矿、部队这样的广阔天地度过的。况且，我们经历过三年饥荒时期，又经过十年"文化大革命"，我们所经受的苦难与荒唐，是现在的年轻人所无法想象的。正是这样的一批人，在苦难中没有停止学习与思考，因而才能够在恢复高考之后抓住机遇，在改变自己人生的过程中承担起了国家应兴应革的事务，铸就了各具个性的人生故事。

现在，从今天的角度回顾过去的四十年，我不能不感慨：正是 1977 年恢复高考，使我从基层连队的一名排长转变为一个专业化的政府工作人员和教育工作者，其间参与了有关国家政策的调整与实施，为社会贡献了一定的力量。

从排长到大学生

1977 年秋，是粉碎“四人帮”以后的第一年，那个时期整个社会的热情很高，都希望大干快上，目标是实现四个现代化。当时，我已经被提升为空军桂林场站警卫连的排长，主要是带领战士们站岗、放哨，当然也要进行各类军事训练。那个时期，还是实行“文化大革命”的制度，就是由单位推荐工农兵学员上大学，不用文化考试。也就是说，上大学并不是个人的事情，是要由上级分配名额，然后由单位领导决定谁可以去上大学。在那个时期，我们这些平时喜欢读书学习的人，不敢有上大学的梦想。况且，在那个年代，许多书都被作为“封资修”的产物禁止阅读，我们只能学习政治性的理论著作。

中央决定恢复高考的政策公布时，我正在广西南宁的空七军政治部宣传处借调。当时，我的直接主管是梁云灏副处长，他是一个老大学生，知道此项政策的深远意义。他找我谈话，问我是否愿意参加高考，当我做了十分积极的表示后，他便重新安排了我的工作，要求我集中精力复习。而正是这一个月的复习，奠定了我参加考试的基础，从而使我得以考入天津南开大学历史系世界史专业学习。在这里特别提到这位恩公，是因为在以后的岁月中，当我担负起一定的职责，能够推荐一些年轻人外出学习，甚至到哈佛大学深造的时候，我都会想起当年自己决定报考时的谈话情景，这个榜样，启迪我努力当好人梯。

大学的生活对 77 级而言是十分新鲜的。同学们都是带着激情进入学校，几乎每天都要在一起交流信息，回顾在农村、部队、工厂的生活。在我们班，只有一个应届生，绝大多数都有过工作经历，年龄最大的同学已经有了孩子并且上了小学，这些人重新作为学生，自然会有相当不同的感想与行为方式。当然，大家的交流，往往都转化为学习与奋斗的动力。同学们都知道学习的机会来之不易，知道社会底层的贫困，更有着自觉的压力去学习。

许多人希望探讨 77 级的学习方式。可以说，我们从社会中来，也带着相当不同的经历，因而更带有我们那个时代的学习特色。从一定意义上说，我们是思考的一代。因为，随着学习的深入，我们在不断地否定自己曾经牢不可破信奉的许多教条。过去，由于封闭，我们认为发达国家和中国港台地区的人民都生活在水深火热之中，吃不饱、穿不暖，需要我们解放。但是，随着改革开放和思想解放，我们发现自己是多么幼稚可笑。在“文化大革命”中，我们曾受“无产阶级专政下继续革命”的理论影响，错误地相信许多领导人是走资派。拨乱反正对于 20 多岁的人来说所产生的冲击也是巨大的。

在这种社会氛围中的学习，当然不会是读死书式的背诵标准答案，因为我们自己头脑中的许多问题就需要弄明白，而这些答案恰恰是书本中所没有的。课堂上，老师给我们的是知识，是工具，课后的讨论与思索则更为广泛。比如，那个时候我们所关注的一个问题就是中国社会超稳定的结构应该怎么解释，为什么改朝换代不断，却没有产生文艺复兴与工业革命？大家自己组织讨论会、读书会，争论不断。这样的讨论，往往伴随着对于各类名著的大量阅读与思考。在大学毕业之际，同学会聚在一起做总结，其中一项是阅读名著的数量，结果看每个人都为数不少，我自己则超过了一百本。

如何读书，如何学习，我们这一代的经验也许会给社会一点借鉴。

领导权理论与政治体制改革的探索

正规的大学教育有什么效果？我个人最大的体会是，系统化的知识拓展，给予我们以重要的思想方法，使我们能够在探索各类社会问题时从大量的感性知识出发而不断地升华理性知识。而工作经验则促使我们注意避免极端，努力找到改革与守成的平衡点。

大学毕业后我首先回到广西部队，然后分配到飞行师的政治部宣传科担任宣传干事。首先承担的工作就是要制定反对资产阶级思想腐蚀的教育计划。1982 年的中国，改革开放还有不少争议。这样的教育，如何从理论与实践的结合上真正能够说明问题？当时，师政治部的领导要求我承担起讲课的任务，努力把政治课讲好。我就努力运用世界历史的知识，结合改革开放的大局，说明既要坚持改革开放，又要注意加强思想修养的道理，受到干部和战士的好评。当时，广州空军的一位领导在一次会议上甚至特别强调了政治课不讲空话的重要性，他以我为例，认为一个宣传干事能够把课讲活，看来政治课完全能够讲好。

在 20 世纪 80 年代，对政治体制改革的探索很热。怎样思考如此重大的议题？我在 1983 年进入武汉华中师范大学科学社会主义研究所读硕士学位时，由于专业即是社会主义理论与实践问题，所以自然就要对于政治体制进行探索，我的硕士毕业论文题目就是《论我国党政决策体制》。

与简单地照搬外国模式的思维方式不同，我的方法是既要研究从亚里士多德到现代许多政治学家的理论，探索他们对于权力的分类，包括对于立法权、行政权、司法权的理论概括，同时也要注意中国政治历史中权力结构中的理论模型。在这样的基础上，我得出了领导权的理论假设，认为中国与许多国家的政治历史不同，早在秦汉之际，就形成了皇

权之下的行政权、监察权、军事权的权力结构。这三个发达的权力系统，是西方国家的政治历史所不可比拟的。孙中山先生的五权理论，也与西方的三权理论不同，他加上了考试权、监察权。如果运用领导权理论来观察中国当代的历史，1949 年所确立的中央人民政府委员会体制就有着巨大的政治创新，而 1982 年所确立的宪法和国家体制，更有着多方面的进步。共产党的领导，更多地承担着领导权的功能。在这一国家制度中并在坚持稳定的前提下讨论体制与程序的完善，才会收到积极的效果。

这样的探讨和思索，后来我在国务院农村发展研究中心发展研究所工作时，进一步受到所里领导和同事们的启发。当时，发展研究所就强调，不要简单开改革药方，而要先把中国农村的有关现实描述清楚，找到体制与政策的关节点，然后再提出改革的建议。一直到现在，无论研究哪一项政策或课题，我的基本方法就是，先要描述现状，进行理论化的模型分析，然后再探索解决的方案。

村民自治与“海选”

人生往往没有非常刻板的发展路线，但现在的努力往往会为以后的发展创造机会。在国家机关工作的经历中，研究农村选举对我来说是最具有挑战意义的工作，但恰恰是这项工作，使我的研究与行政工作紧密地结合了起来。

我在发展研究所的职责是负责农村政治发展研究。1988 年底，民政部成立基层政权建设司并设立农村处，承担起贯彻《中华人民共和国村民委员会组织法（试行）》的职责，并需要物色农村处的处长。而我就被当时的李学举司长和白益华副司长看中。在那个时期，人们对村民自治的争议很大。有人公开说，农民没有素质自治，我们也不能让他们自治。这些观点也反映在一定的会议上。当时的全国人大彭真委员长根据宪法的规定和中国共产党的信念与经验，力排众议，说服大家通过法律，在农村开展广泛的基层民主试验，以奠定国家的长治久安基础。

1989年的“政治风波”使得许多人对村民自治有所担忧，而中央领导则指示一定不要挑起争论，务实去做，扎实推进农村基层民主。在这样的社会格局中如何推进村民自治建设？在党中央的直接领导下，决定召开全国村级组织建设工作会议，会议的地点就定在当时推进村民自治卓有成效的山东省莱西县，中共中央组织部和民政部则联合组成文件起草组，我担任了文件起草组的联合组长。我们通过调查研究，创立了通过广泛的村民自治示范活动来解决争论的办法。按照中央的部署，每个省都确定一到二个村民自治示范县，地市一级则确定一到二个村民自治示范乡镇，每个县都要确定一些村民自治示范村，开展民主选举、民主决策、民主管理、民主监督的示范工作。农村处承担起了推进示范工作的行政事务。

在这项行政工作中，我真正体会了党中央领导和推进改革的智慧。因为在全国各个地方普遍开展示范，而不是只在几个地方试验，这就要求每个地方的党政领导都要参与此项工作以获得发言权。避免争论，就不会使其敏感。把重大的改革化为具体的行政工作过程，让有经验的各级党政领导直接负责组织和引导，又使其能够保持稳定并使各项具体制度建设具有操作性。我们处里只有几个人，在行政工作中吸收了中央党校的有关专家参与，不断地组织各类培训、总结，制定了《全国村民自治示范指导纲要》，最终比较圆满地完成了中央交办的任务。外交部认为村民选举完全可以成为中国的一张名片，他们组织了不少的外国政要和记者到农村考察，真正让世界理解了中国的进步。

作为一个国家机关的处长，职位并不高，但承担的责任相当大。1992年，我陪美国《新闻周刊》的记者吉布尼到吉林省梨树县考察农

村选举，梨树县委费允成副书记安排我们到平安村考察，在介绍村民运用空白纸提名候选人的经验时，农民形象地说是“海捞”，我和大家一起讨论，认为可以找到更好的词汇，结果大家共同决定“海选”更好。我将此事向司、部两级报告并获得赞同，从此，“海选”成了一个新的名词。而这个词，也形象地概括了中国村民自治的特性，并很快地得到了普及。处长位置的工作得到了上级的认可，1994 年，我升任副司长，1996 年，我开始主持基层政权司的工作。1998 年，《中华人民共和国村民委员会组织法》正式颁布，我由衷地感到欣慰。

十年司长的社会政策探索之路

2001 年春，我被正式任命为民政部救灾救济司司长。这以后到 2010 年辞职离开民政部共十个年头，是我人生特别有意义的另一个时期。

从基层政权建设司到救灾救济司，完全是两个不同的领域，许多行政工作的内容、风格迥异。比如，救灾救济司要应对的自然灾害突发性强，一旦发生灾害就要马上赶到灾害发生地现场指导救灾，而基层政权司则更着重于长远的制度性建设。实现这样的转变其实也需要一番学习，需要读书，更需要向实践学习；尤其尊重救灾救济司的公务员，与他们一起研究工作，听取他们的意见，然后再进行决策。当然，需要承担的责任一定不要推诿，并且要善于出主意，想办法。在许多方面，基层政权建设的经验也可以运用。

也许有人认为，行政机关，就是办公文，没有什么创造，不需要个人的特点。我的体会则完全不同。因为，在改革开放的过程中，必然会产生新的社会矛盾，如何在党中央、国务院和部长的领导下完成他们交办的各项任务，对于国家机关的一个业务司局、职能处而言，其实有着相当大的创新性空间。这里仅举几例我直接处理的行政事务来谈一点体会。

我担任司长后第一个最大的挑战是如何建设城市居民最低生活保障制度。在国家颁布了有关条例和文件之后，如何进行工作部署，会有完全不同的效果。2001 年夏，朱镕基总理要求加强城市低保工作的力度，增加 15 亿元的中央财政支持。如何落实这一决策？部长传达国务院指示以后，我们司立即拿出方案，决定紧急召开全国民政厅局长会议，部署落实。根据国务院的决定，针对民政系统过去的救助集中于城市鳏寡孤独人群而不是下岗职工的特点，我们确定特别的工作重点，要求全国民政系统在当年 10 月紧急行动，完成中央直属企业和国有大中型企业的低保对象发证工作。这个部署，改变了民政工作的救济格局，从而使得国务院关于解决下岗职工困难的政策迅速得到落实。

在城市最低生活保障制度基本确立之后，如何解决农村最低生活保障问题？这也是一个不小的挑战。由于当时大家有一定的思想分歧，担心贫困人口过多，国家没有能力负担，我们司建议针对不救不活的几类特困人口，建立农村特困户救助制度。最初，这一制度只覆盖了 1972 万人口，标准也很低，许多地方每人每月只有 5 元钱，只是在发达地区才称其为农村最低生活保障制度，标准稍高一些。但是，由于建立起了良好的基础，从而消除了不少人的顾虑，最终，在 2007 年，国务院正式决定在全国建立农村居民最低生活保障制度。

国家自然灾害应急管理四级响应体系，也是在总结 2003 年应对非典疫情的基础上进一步确立的。一开始，我们只是希望规范救灾救济司的救灾工作，确定我们的应急响应机制。因为，在相当长的时期中，我们只是想到要划定灾害等级，实行分级管理。实践证明，较大自然灾害的应急，中央政府必须直接参与管理，这就需要对每一个环节进行规范。结果，部长也十分肯定这一规范工作，于是制定出了民政部的灾害应急管理响应制度。经过两年经验，2005 年，国务院肯定了这一制度，形成了包括分管副总理在内的灾害应急四级响应体系。这个制度，在 2008 年汶川地震的救灾工作中得到了进一步充实并充分发挥了功效，受到了世界各国救灾同行的肯定。

担任司长，也要注意将中央和部长的有关指示创造性地具体化。2009 年，民政部的工作安排中要求推进孤儿的生活津贴建设而不仅仅是最低生活保障制度。怎么办？这也需要业务司的具体化。于是，我们首先制定了散居孤儿的养育标准，全国统一规定为每月 600 元。以后，又逐项列举儿童福利院孤儿成长所需要的费用，包括食品、衣物甚至尿布等，制定了 1000 元的最低养育标准。同时，我们也按照中央领导的批示将地方有关情况如实报告并提出具体建议。结果，党中央、国务院高度重视，2010 年，发布有关文件，决定建立孤儿的基本生活保障预算，每年为 25 亿元，从而解决了全国孤儿基本生活保障这一重大社会问题。

北师大中国公益研究院与深圳国际公益学院

2010 年 6 月，我正式辞去司长职务，离开民政部到北京师范大学工作。由于在民政部期间我曾经负责过公益慈善事务，所以北京师范大学与李连杰、牛根生、王健林等慈善家合作，支持我建立壹基金公益研究院，后来又更名为中国公益研究院。2015 年底，比尔·盖茨、瑞·达里奥、牛根生、何巧女、叶庆均等五位慈善家又决定支持我建立深圳国际公益学院。这样，我客观上担任起了两个院的院长，这是一个光荣而繁重的任务。我常常形容现在的工作量是民政部工作时期的三倍。因为，这是完全的自负盈亏单位，而拓展慈善知识，在中国遇到的挑战也相当大。两院的工作人员目前已经超过 150 人，所担负的政策倡导、培训、研究与咨询的业务相当广泛。

在社会各界的支持和两院团队的努力下，我们的工作获得了社会的基本认可。北师大中国公益研究院 2017 年初在全国 500 多家智库中被阿里的有关数据列为第 26 位，这是我根本不敢奢望的成就。而深圳国际公益学院几百名参与 EMP 高级管理培训的同学，已经对慈善界的发展产生了相当大的促进作用；参与 GPL 即国际善财领袖项目的同学，则参与比尔·盖茨和巴菲特发起的“捐赠誓言”项目，与国际慈善家合作，从而在国际社会产生了良好的反响。

人生迈过六十，已经步入后半生的历程。作为 77 级的一员，如何计划不同的未来？如何促进我国慈善事业乃至国际慈善事业的发展？我提出了“善经济”的理论，也提出了知识生产方式转型的观点。也许，这将成为我未来工作的重点。

那三届

吴嘉

安徽芜湖人，1977 年考入安徽大学外语系，1995 年获马里兰大学国际管理硕士学位。现为美国国务院国际开发署官员、美国国际城市管理协会（ICMA）咨询顾问、世界运河历史文化城市合作组织特邀顾问、华盛顿多家华文报纸的特聘作家；曾任美国国际开发署亚太雇员委员会主席、半杯清茶社社长；多次荣获美国政府颁发的个人荣誉奖和团体功勋奖，包括美国总统亲笔表彰函。吴嘉常驻并出访过 70 多个国家。工作之余，吴嘉观察风土人情，安第斯山下、庞贝废墟上、尼罗河畔、撒哈拉沙漠、湄公河上留下了她不知疲倦的身影。她将观察出访国的心得，写成了一篇篇视角独特、文采飞扬的随笔。先后出版《飞去来兮》《天地一飞鸿》等散文集，多篇文章入选《相遇文化原乡》《书写 @ 千山外》《丝路艺术》等文集。

重来回首已三生

我从小学到高中，蹉跎十年，时间跨度差不多正好是一个“文化大革命”。1965 年秋，我上小学一年级，本来标准学制 12 年，但“文化大革命”期间一切都不太正规，我连蹦带跳 10 年就高中毕业了。那是 1976 年 1 月，我 16 岁，糊里糊涂地结束了那段宝贵的少年时光。

按照当时的政策，父母身边可以留一个健康子女，我因而逃脱了“上山下乡”的磨难。我父母托关系，东奔西跑，先后帮我找了几份工作：先在街道办的晒图社描绘图纸，又在印铁制罐厂做临时工，后来还正式招工去了缝纫机厂，不过在那里只待了一个月。时间最久、印象最深的，是芜湖电表厂的那份工作，正是在那里，我有幸参加了 1977 年的高考，从此人生的轨迹发生了巨大的转折。我先是考入安徽大学外语系，毕业后留校任教，后来随留学的大潮漂到了美国，从此在华盛顿生了根，学习、工作，成了海外华侨。回首往事，这样的变化，谁会想得到呢？

我的家乡在安徽芜湖，典型的江南水乡。万里长江滚滚东来，到天门山突然拐个大弯儿，折而向北，形成一个天然的直角。诗人李白感叹这一奇景，写下了《望天门山》：“天门中断楚江开，碧水东流至此回。两岸青山相对出，孤帆一片日边来。”天门山其实就是东梁山、西梁山的并称，两山都十分陡峭，东西对峙，把江水夹在中间。过了天门山，河道豁然开朗，舒缓的江面静如水泊。

孔夫子在河边说，“逝者如斯夫，不舍昼夜”。他是在感叹时间像流水，日夜奔涌，从来不会止息，心中似乎有些无奈。我上次回乡，特地去了一趟天门山，看江水随山势旋转，至此苍然北去，心中觉得人生也常常如此。我们这些70年代参加高考的人，命运的转折不正同这江水一样吗？

刚进电表厂时，我被分配在冲压车间。厂房原是一座佛寺——广济寺，坐落在赭山西南侧的半山腰上，黑咕隆咚，看上去很不起眼。广济寺是一座千年古寺，创建于唐朝乾宁年间，周围庙堂林立，破破烂烂的掩映于浓密的云杉之中。

冲床工三班制，昼夜不分，工人们都睡不好觉。操作冲床时，注意力需要高度集中，不可丝毫马虎。我坐在这庞然大物面前，双手握住半个桌面大的钢板，目不斜视，对准模具后，再用右脚踩开关板。每踩一次开关，几十甚至上百吨级的冲头便在我面前重重地砸下，“哐当”一声，剧烈的震动沿着手掌传到手臂以至全身，像巨浪一般，似乎能将我击倒。巨响之后，一块被轧成型的钢板随之滑落在脚边。坚硬的钢板经我的手被切、拉、压，分裂成各种形状，像一张张狰狞的、苍白冰凉的面孔。我在冷飕飕、四处灌风的寺庙里，伴着脚下成堆的钢板，送走了一个个无眠的冬夜。

如果我的脚不挪开，一直踩着开关板，冲头就会更自动化，有节奏地一起一落，很可以提高工作效率。但这种连续作战法需要高超的技能，手脚必须配合协调，一旦送料的手进入冲床工作区，或触动冲床的运动部分譬如模具，那就危险至极。为了完成规定的生产任务，我和冲压车间的其他工人们经常冒险操作，几乎所有工人的双手都有程度不等的残缺。如今，我将双手摊在面前，不知道该为自己齐全的十指侥幸呢，还是该为工友们的忘我精神感伤。总之，想来十分后怕。

这也是青春，我的青春岁月，摸着冰凉的钢板，伴着轰隆的机器声。看看周围女工蜷缩在机器前，脸色蜡黄，我的心情变得和寺庙的日光灯一样黯淡。

一年以后，厂里又招进一批工人。冲床工技术成分低，便成了初来者的第一个岗位。我和伙伴们顺理成章地过渡到工种稍好一点的车间。同批进厂的部分合同工通过关系得到电工、钳工、机床工等技术性更强的工种，关系最硬的进了厂办。比如，与我同期进厂的一个闺蜜，因父亲是区委书记，不用招呼，就被安排当上了厂里的广播员。正好她有极好的天赋和修养，在话筒前抑扬顿挫，字正腔圆。我每次去看她，羡慕得要死。我没靠山，被安排到装配车间。也罢，三班倒变成了两班制，没有了隆隆机器声，耳根清净了许多。鼓捣几个月后，一堆乱糟糟的零件，到了我手上就成了魔方，成了一只只精致的电表。

“路漫漫其修远兮，吾将上下而求索。”我们的迷惘和苦难当然不能和屈子相比，但人同此心，人生中大大小小的磨难，都让我们深深地感到命运的厉害。

突然有一天，中央人民广播电台播出了恢复高考的消息，这真如平地一声惊雷，出乎所料，其喜洋洋者何！我后来读过一些文章，讲邓小平拍板决定恢复高考的内幕。那时正当大乱之后，民心思变，当政者能体贴民情，迅速做此决策，实属不易。我觉得，在改革开放大旗下的一切善政中，恢复高考这一条该是影响最为深远的，因为它改变了一代人的命运。如今在中国，各行各业挑大梁的，应该都是“文化大革命”后的大学生了。

那是 10 月的一天，我听到广播，心中怦怦直跳，张铁生时代终于结束了？上大学不用走后门儿了？从那时起，我关心的事，不再是怎样改良厂里原始的作业方法，譬如怎样采用半自动方式切割钢片等。我隐约感到，掌握自己命运的时候到了！当此时，有我这样心思的青年正不知有多少。人是需要希望的，有希望才有光明。

拿定了参加考试的决心，接下来要做的就是复习准备。时间不到两个月，要温习所有的高中课程，成败非同小可，我有些担心。厂里的工作不能辞，我外婆把这份合同工看得比菩萨还神圣。外婆大字不识，围着锅台转了一辈子，她特别羡慕那些享受福利劳保的职工。

可再一想，大家的机会都是均等的。我没有时间复习，别人也一样。况且知识靠长期积累，靠功底，不是一蹴而就的。优胜劣汰，至少在考试面前人人平等。向前走是荆棘一片，前途莫测，但总比自我流放在一堵高墙外好，这样一想，心中便也释然。我郑重地搬出了积尘两年、险些被当废纸卖掉的高中课本，开始一门一门地复习。

数学复习起来淋漓晓畅，上高中时我是班上的数学课代表。课代表者，代表一门课也。一般由任课老师推荐，班主任指定，主要任务是收发作业本。为了不辜负数学老师的信任，也为了顾及自己的脸面，我总是自己先把题目做好，才收其他同学的本子。长此以往，我的数学就学得特别轻松。

语文也不太担心，既没有公式定理需要死记硬背，也没有什么模拟题目可以预算演习，其实靠的全是平时的积累。比如作文，就完全不必准备，也无法准备，只能靠软实力。我从小喜欢读书，自信作文不成问题。

物理和化学却是我的软肋。也难怪，从小学一年级到高中毕业没正经上过学。我的所有物理化学知识，来自《工业基础知识》和《农业基础知识》两门课，分别简称《工基》《农基》。物理呢，我会启动手扶拖拉机；化学呢，我会拼配敌敌畏药水。至于其他物理化学知识，在我的脑子里还是一块处女地。在搔首踟蹰、磕磕绊绊开垦一阵后，我终于感到力有不逮。怎么办呢？当机立断，放下理化，拣起史地，改考文科。

然而，对复习政治，我也是望而生畏。所谓政治，其实就是死背时事形势的条条框框。我无例可循，不得要领，免不了捡了芝麻，丢了西瓜。那时的时髦词汇是什么“拨乱反正”“科学的春天”“华主席”“新长征”等。而且，我蓦然想起，那年元月份刚发表了毛泽东的《论十大关系》，这得赶紧找来背。“第一，重工业和轻工业、农业的关系。第二，沿海工业和内地工业的关系。第三，经济建设和国防建设的关系。第四，国家、生产单位和生产者个人的关系。……”颠来倒去，我最终想出一招：“一重二沿三经四国……”如是者三，我用同样的方法记住了十几条枯燥无味的政治口号。

时间一分一秒地顺着笔尖悄悄滑去。两个月里，我白天在厂里上班，晚上挑灯夜战，瑟缩地追逐寒冷的冬夜。1977 年 12 月 10 日，我和我哥哥顶着腊月刀子风，咯吱咯吱踩着满地积雪，走进了设在第二十二中的考场。当天上午考语文，有两道作文题供选择，一道是《紧跟华主席，永唱东方红》，另一道是《从“科学有险阻，苦战能过关”谈起》。前者不必说了，后者取自叶剑英元帅的一首五绝：“攻城不怕艰，攻书莫畏难。科学有险阻，苦战能过关。”

瞬间，我眼前出现了张牙舞爪的冲床，80 吨的冲头恶狠狠朝着我的双手压过来。我在卷纸上飞速写下“苦战”两字。

翌年 1 月，在车间里，我用十指仍然齐全的手，接过安徽大学的录取通知书。我作为文科考生，被外语系英语专业优先录取。凡参加过高考的人，尤其是老三届的考生，金榜题名的那一刻想必都是终生难忘的吧。

1977 年的那个寒冬，几十万人通过公平竞争改变了自己的命运。

我们放下手中的锄头、钳子，走出地头和车间，提着简单的行李，跨进了大学的校门。从“文化大革命”造成的文化沙漠中走出，我们像干涸的海绵，在学校里如饥似渴地汲取知识的营养。我那时也是每天背着书包，穿行在教室、宿舍、食堂之间，三点一线。半夜教室统一关灯，回到寝室打着电筒继续看书。冬天的清晨，站在雪地里背诵课文；食堂里排队买饭时，还在背英语单词；图书馆还没开门，便急切地等在门外。那时大家都是如此，好像生命就是学习，并无其他。

四年的大学生活一下就过去了，其中的酸甜苦辣早已成为我生命的一部分，当年的同学也成了终身的朋友。1982 年毕业后，我留校任教，20 世纪 80 年代后期赴美留学。感谢安徽大学，我的母校给我打下坚实的英文基础，让我在美国很快立足，而且职场顺利，未走太多弯路。90 年代初，我被马里兰大学聘为兼职教授时，还没有美国的学位，校方看中的是我国内的教学经验。因为有扎实的英文基础，改行便没那么困难，我到美国不久，就被一家咨询公司录用为英文编辑，跳过了传统的“打工—读书—工作”的留学模式，不薄的薪酬让我们全家一步跨入了美国中产阶级的队伍。

从英文编辑到咨询顾问，到马里兰大学的兼职教授，倘若固步自封，从此享受生活，原也无可厚非，因为这就是当时许多留学生所企望的奋斗目标。在获得国际管理硕士学位之后，我跳槽去了另一家咨询公司，初任金融主管，不久被提拔为助理副总裁，进入了公司的决策阶层。这期间，我在不停地调整和探索适合自己的职业生涯。直到 1997 年，我放弃了公司副总裁的晋升，进入美国国务院国际开发署，主导受援国家的经济发展和管理工作。这时候我才终于找到了自己的最佳位置。

作为美国国务院国际开发署的一名官员，我有幸参与拟订并组织实施对外援助政策和方案，推动外援方式改革。在为美国政府工作的 20

年里，我策划、谈判、组织、实施、签订、监督年预算超过 200 亿美元的外援项目，为推动战略伙伴关系、协调政府间援助事务、加强能力建设等做了许多事情。我曾在 70 多个国家的美国驻外使团工作过，领导商业、金融、中小企业发展、贸易投资、创业等领域的改革，我也有幸参与制定总统与副总统的出访计划，并随同访问。我的工作业绩被记录在历年的最高个人荣誉奖里，包括 2014 年获得的总统亲笔表彰函。

“别后相思空一水，重来回首已三生。”想到故乡，眼前就是那流淌不尽的长江水；回首自己半生的事业，就想起 40 年前的中国高考。白驹过隙，日月如梭，当年冲床前的小女工，几十年来读书、教书、留学、工作，落户于遥远的大洋彼岸。天命乎？人事乎？无论如何，我很幸运，也很知足。

那三届

俞敏洪

1962 年出生于江苏省江阴市夏港街道，新东方教育集团创始人，英语教学与管理专家，新东方教育集团董事长、洪泰基金联合创始人、中国青年企业家协会副会长、中华全国青年联合会委员，中国民主同盟第十二届中央委员会常委、委员。

高考 40 年依然公平

我的三次高考

1977 年我记得特别清楚，中国刚从“文化大革命”中走出来，第一年的高考是省一级的考试，没有全国统考。那一年我高一，印象非常深刻。在这之前，我其实就有了上大学的愿望，但我知道必须是工农兵学员，需要在农村拼命干农活，把农活干好了，受到大队和公社的推荐，才能去上大学。

我已经做了一颗红心干农活的准备。但 1977 年，邓小平在一次教育会议上郑重宣布，恢复高考。也就是说，以知识选拔人才，你能不能上大学取决你自己。一夜之间，农村高中就转变了风向，我们的班主任和校长要求我们从那天起认真学习，迎接 1978 年的高考。当年的高中只有两年，高二毕业就参加高考。所以从 1977 年开始，我对高考就有着深刻、切身的体会。我一共参加了三次高考。1978 年第一次参加全国高考统考，1979 年第二次，1980 年又考第三次，最后才考上北京大学。

我高一下半学期才进入高中。当时，其他同学已经上了两个学期。我的功课明显跟不上，但高考就要来临了。1977 年的高考是各省命题，是个过渡，而 1978 年的高考是全国统一进行的，让人很有压力。

我的班主任是从南京翻译局下放到中学的，英语特别好。他在课堂上对我们说，也许你们一个都考不上大学，但是还是要努力争取，因为一旦考上，个人的生活就会发生很大变化。即使没考上，在地里干活累了，拿着锄头看看天上的云，还可以想想“我曾考过大学”。经老师这么一鼓动，我和全班同学——一帮连汽车都没见过的农村孩子，都报名参加了高考。

当时的高考分文科、理科、外语三门，我选的是外语专业（包括语文、历史、政治、地理）。复习了 10 个月，我参加了 1978 年高考。当时的录取分数非常低，我报考的常熟师专外语录取线是 38 分，我的英语分数却只有 33 分，别的几门也不理想。最终，全班只有一个学文科的人被录取。

高考失利之后，我也没特别失望，家里人也没有给我压力，反正在农村干活呗。我在家里开拖拉机、插秧、割稻子，后来又去大队初中当了代课老师。

我一边代课一边自学，准备再参加一次高考。白天上课、打篮球，晚上就在煤油灯下复习。语文、历史、地理我本来就喜欢，政治可以背，难攻的还是外语。当时几位老师都很支持我，帮我做了不少该我做的事。

这样复习了大概八个月，我又进了考场。这一年，总分过了录取分数线，但英语仍然不理想，只考了 55 分。而常熟师专的录取线变成了 60 分，结果再次落榜。这时，请假的老师回来了，不需要代课了，我无奈回到了农村。

两度失利后，我没有太多念头考第三次了。我母亲说，老虎啊，你考不上也没什么，现在日子比以前也好过了些，将来攒点钱盖房娶个媳妇就行了。就这样，我又干起农活。有一天，高中的一位英语老师告诉我，江阴教育局准备办个专门针对外语高考的辅导班。我母亲四处打听，证实了这个消息，让我去报名。

这次复习是全脱产。我和二十多个同学住在一个连厕所都没有的大房间里。老师指定我当副班长，这对我是很大的促进，既然是班副，学习就要好，我带领大家一起拼命，早上带头起来晨读，和大家一起背单词、背课文、做题、讨论，晚上 10 点半熄灯后，大家也不休息，全都打着手电筒在被窝里记单词。

到 1980 年春节的时候，我的成绩还在倒数第十。当年的寒假只放了一个礼拜，我一天没休息，整天背课文，四五十篇课文被我背得滚瓜烂熟，到 1980 年 3 月第二学期的时候，成绩一下变成全班第一。

1980 年高考，英语考试时间是两个小时，我仅用了 40 分钟就交了卷。英语老师大怒，迎面抽了我一耳光，说今年就你一人有希望上北大，结果你自己给毁了。

分数出来后，我的英语 95 分（总分 387 分）。当年，北大录取分数线是 380 分。填志愿的时候，老师对我说，如果你想上北大，语文一定要及格，不然北大不会要你，但我的语文才 58 分。不敢报北大，还是老师帮我填的志愿。

8 月底，我的同学几乎都拿到了录取通知书，我却什么也没有。按说，北大应该第一个发录取通知的。老师就说，俞敏洪大概没戏了。我听了特别特别难受。有一天我和妈妈在地里种菜，大队的人说县里有电话来，急忙跑过去，县教育局长对我说你的通知下来了。我忙问是哪个学校，他故意说不知道。我拿到通知书一看是北京大学，乐疯了，和两个同学一起，像范进中举一样跑到马路中间又蹦又跳，马路上的大卡车都停下来了。这时，离北大报到只有一个星期了。母亲说，以后老虎到

了北京就回不来了，尽管没老婆，这次把未来结婚的酒席一起请了，把家里的猪、羊、鸡全都杀了，招待全村人吃了好几天。

高考是走出农村的唯一路径

像我这样考了三年的人，原则上会对高考非常仇恨，但实际上我非常热爱高考，因为当年的高考是我走出农村、走向世界的唯一路径。这条路径很窄，像过独木桥一样，因为每年几百万人只有十几万人能够被大学录取。但我知道，一旦被大学录取，我就从此改变了面朝黄土背朝天的农村生活，从此可以在自己所喜欢的知识世界和外部世界中去遨游。

从 1977 年恢复高考，到我 1978 年开始参加高考，到现在过去了 40 年。中国的高考形式从省考到全国统考，又从全国统考逐步走向了地方高考为主。但不管怎样，高考的形式基本没有改变，还是以各种学科为主的考试。

可以说，40 年的高考为中国孩子走进知识殿堂、走向新世界提供了非常多的机会。这里面包括了城市孩子的机会和农村孩子的机会。如果没有高考的话，到目前为止，几百万从农村走出来、走向城市的孩子，包括像我这样的人完全是没有希望的，所以整体来说我对高考持肯定的态度。

近几年关于高考的非议多了，最重要的一个原因：大家觉得高考已经不再是一个公平化的考试了。其实这里面有一个误解，我认为高考实际上依然是一个公平化的考试，因为在一个省之内，或者在全国范围之内，整体上高考还是有标准的。之所以大家觉得不公平了，是因为发现农村孩子考上优质大学的机会越来越少，甚至农村孩子进入大学的机会也越来越少，这里面的原因是不是跟高考相关呢？我认为跟高考只是间接关系，比如说高考中间出的一些题目，在农村上学的高中生可能就不太容易理解。比如说大数据、人工智能，对于城市孩子来说，是非常熟悉的话题，但对于农村孩子来说，就是不那么熟悉的话题了。

大家之所以觉得高考不公平了，最主要的原因来自于高考前的教育。我们可以发现随着中国社会结构的分化，农村孩子和城市平民孩子，接受优质教育的机会变少了。

举个简单的例子，比如在农村，如果是干部的孩子，从乡镇一级开始，从小就在当地最好的幼儿园、最好的小学以及最好的中学接受教育。不管他们的孩子本身资质怎样，他们进入最好的学校是一定的。但普通老百姓的孩子就没那么幸运，他们只能在当地一般的小学、中学上学，除非成绩特别优异，才能在初中、高中进入城市里最好的中学学习。

这也就意味着，成绩一般的或者成绩够不上名牌高中的农村孩子，他们就只能待在普通高中，接受普高教育，进入中国优质大学的机会越来越少。高考的差距实际上是从幼儿园开始的教育资源分配不均所导致的，并不是高考本身不公平。

当然高考本身也有一些问题，这跟中国的教育体制有关，教育体制比较僵化：让学生按照知识结构不断学习，不断背诵，不断考试，最后给出标准答案，才能够上大学。随着时代的发展，高考其实没有跟上时代，有点像中国古代的科举考试。古代科举从唐代开始进行选拔人才，对促进中国社会进步的意义是巨大的，因为普通的老百姓通过努力学习最后就能当官，变成中国社会发展的中坚力量。但随着科举考试的范围越来越窄，思想越来越僵化，越来越符合官僚体制的利益，尤其是当中国跟西方有了交往交流以后，科举考试还在考四书五经，而没有把科学纳入到考试中，这样就有了问题，考试彻底脱离了时代。

现在我们的高考，尽管没有像科举考试脱离时代那么严重，但也可以看到它脱离时代的特征非常明显。我们依然在考几十年不变的各种基础知识，对于现代知识的更新、迭代，科技创新方面关注非常少。老师的教课，也依然用着黑板、学生和家庭作业之间这样的教学形式，对于现代世界的发展、融合，世界政治体制的变迁变革、思想观念的变革关注很少。

高考没有跟上时代

高考的卷子在某种意义上落后了。这样的落后加上中国教育的区域不均衡，直接导致现在高考筛选人才的时候，只能选到一部分人才。对于广大农村孩子和没有家庭背景的孩子来说，确实形成了一个走进社会、寻找发展机会的障碍。

我觉得这个障碍，在高考40周年总结的时候，是一个需要我们正视并严肃思考的话题。面对这样的话题，我们要从几个方面来进行讨论：

第一，从幼儿园一直到中学的教育资源均衡问题。城市之间不同的群体的均衡，城市和乡村的均衡，发达地区和非发达地区的均衡，变成了中国的一个最重要的话题，也是政府最应该解决的话题。

第二，教学内容的改革问题和教学方法的改革问题。对于中国的学校来说，教学内容不改革，就不可能把新的知识和世界发展紧密联系起来。教学方法的改革，随着互联网的普及、高科技的发展、人工智能的推进，不管是在哪个地区的教学，我们如何利用新的教学方法、教学方式、教学手段，来使学生更好、更有效率地学习，就变成了中国学校教育系统要考虑的问题。

第三，教育制度和教育体制的改革。我们一成不变的教育制度和教育体制，导致了中国教育的僵化，导致了老百姓对中国教育的不信任。

面向未来，中国的教育制度怎样尽可能为更多的年轻人服务？怎样能够遍洒雨露甘霖给每一个希望接受教育的人？尤其是贫困、落后地区的教育如何提升？我们应该进行很好的思考然后进行改革。教育制度的改革要着眼于均衡教育的发展，着眼于教育方法、教育手段、教育内容的改革。在这点上，我觉得从教育部到教育厅、教育局都应该花巨大的力气来做这件事情。由于高考起到了指挥棒的作用，高考本身的改革我觉得也是势在必行。

现在政府已经做了一些事情，比如一些课程的统考，以及一些课程的自主考试，都算是改革的一部分，但我觉得步子还可以更大一点，思想可以更开放一点。

我们是不是可以把自主考试、学校的自主招生、学生素质内容的考试与中学学习期间的学生能力紧密联系在一起，让中国的高考走上一个既能够普选人才，又能够照顾到不同人群，又能够符合现代世界发展规律的轨道上去？

当然具体怎么做，我们这些老百姓只能说说话。希望中国的教育领导能够起到担当作用，也希望中国的教育人士——不管是民间的还是国家力量的，能够一起共同努力，让我们的高考在未来 40 年发展得更好，为中国选拔出更多优秀的人才。

那三届

张力

1955 年出生，插队四年半后于 1978 年考入北京大学技术物理系原子核物理专业，1982 年毕业留校任教。1983 年任北大团委副书记。1985 年调任国家教委政研室副处长，1991 年任教育发展研究中心处长，1995 年任中心副主任，1999—2016 年任中心主任。30 多年来参与党和国家文件调研起草工作，主持多项国家级重点科研课题，兼任多个省市政府咨询专家，2006 年起进入党的十七大、十八大、十九大和十多次中央全会文件起草组工作班子。现任国家教育咨询委员会秘书长。

抚今追昔，展望中国高等教育未来

教育改变了我，我也从此走上了用教育改变他人的奋斗之旅。

1974年春，我高中毕业后到京郊通县（今北京市通州区）插队。当时农村教育水平很差，村里的小学教育虽然普及了，但还有少数文盲，主要是女童。回乡初中生和插队知青都算是文化人了，所以好多人被选上当技术员、赤脚医生、代课教师、电工等。我先后当过技术员和电工，后来因为肯吃苦，得到群众认可，很快挣到了壮劳力满工分，入了党，当选为大队支部副书记，后调至公社知青农场当抓生产的支部副书记。

国家恢复高考，对很多人都是一个命运的转折点。记得当时我白天带着知青干活，晚上才能复习一会儿，临睡前还要看看贴在墙上的数理化公式。1978年，我被北京大学技术物理系原子核物理专业录取。

当年的北大校园里，图书馆、自习教室占座就像打仗，运动场也少，下午锻炼时人挤人地跑步。那时，饱经风霜的教授们突然获得解放，他们视学生如儿女，给我们上本科专业基础课的教授，许多都是相当于院士级的，还有早年诺贝尔物理奖得主的亲传弟子。

由于组织上的安排，我毕业后并未持续研究物理科学，而是转向宏观教育政策研究。遥想当年，如果我从事物理研究，可能在专业研究领域做出些许成绩，但今天，我为自己能为改革开放以来党和国家许多重大教育决策提供咨询研究服务，为中国教育改革发展大业付出一份辛劳，而感到无上荣光。

1985 年，改革开放以来第一次全国教育工作会议召开后的两个月，我从北京大学调入国家教委政策研究室工作，自此开始了我 30 多年的研究国家宏观教育政策之路，多年的工作经历使我亲身感受到中国教育的改革与变迁。

回想 1977 年、1978 年恢复高考，共有 1200 万考生，录取 60 万。2017 年，全国高考共有 940 万考生，普通本专科录取 760 万，这是一个什么样的数字对比呢？是不是意味着时隔 40 年、我国年轻人有更多接受高等教育的机会呢？答案是非常肯定的，2017 年数据还没有把当年成人本专科、网络本专科、自学考试等新生完全计算在内，目前我国高教总规模超过 3700 万人，10 多年来稳居全球第一。

按照国际上通行的观点，高教毛入学率 15%以下是精英阶段，15%—50%是大众化阶段，50%以上是普及化阶段。自世纪之交我国高等教育扩招以来，毛入学率在 2003 年迈过 15%的门槛，进入大众化阶段，近年已超过 40%，预计 2020 年将突破 50%，进入普及化阶段。

如果政府和社会各界再用精英或大众化的标准来衡量普及化的高等教育质量，就不太合适了。综观进入普及化阶段的其他国家，共同特点是，高等教育不能仅将目光盯住应届高中阶段毕业生，而是要面向更多有愿望有能力的学习者开放，成为国民终身学习的重要链环，中国也将如此。

2017 年金秋十月，习近平总书记在党的十九大报告中作出了中国特色社会主义进入新时代，中国社会主要矛盾发生新变化的重大历史性判断。我体会，人民群众日益增长的美好生活需要，当然包含了多样化的、有质量的、公平的教育与学习需求。同时，党的十九大报告还开启了实现“两个一百年”奋斗目标的新征程，明确了建设教育强国是中华民族伟大复兴的基础工程，强调了教育与学习担负人力资源深度开发的重要使命。

站在新时代新起点上，习近平总书记明确要求，我国要构建衔接沟通各级各类教育、认可多种学习成果的终身学习立交桥。今后，由学校教育与多样化学习叠加而成的学习型社会，就像上海世博园中国馆那样，基础教育夯实四根支柱基石，上面的倒伞状平台，则是进入普及化阶段的高等教育与职业教育、继续教育的深度融合，展现全方位混搭协调发展的全新框架。绝大多数年轻人在完成高中阶段教育后，升学深造、进修培训的机会必将成倍增长，越来越多的学习者将获得接受不同类型、不同方式的高等教育机会。

当前，我国正处于加快建设全民学习、终身学习的学习型社会阶段，政府将依法重点保障公共教育服务资源的公平性、普惠性、均衡性，同时，市场机制配置学习资源的选择性、竞争性日益活跃，国家的法律政策鼓励和引导社会力量和民间资本提供多样化教育与学习服务。

我们将迎来教育与学习资源的“战国时代”，“互联网 +”时代下的教育与学习新生态，职业化教师（teacher）和正规学校学生（student）的关系，将向泛化的师者（tutor）和学习者（learner）转变，线上线下的弥散式、泛在式、互助式、自助式的学习形态方兴未艾，“能者为师 vs 愿者为生”的全新格局正在逐渐显现。

可以预期，21 世纪的中国高等教育，将朝着更有质量、更加公平、更为有用、更加持续的方向不断迈进，将为促进人的全面发展、实现中华民族伟大复兴的中国梦提供更有力的支持。

那三届

朱永新

现任中国民主促进会中央委员会副主席，全国政协常务委员兼副秘书长，中国教育学会第八届理事会学术委员会顾问。叶圣陶研究会副会长，中国教育政策研究院副院长，苏州大学教授、博士生导师，北京大学、北京师范大学、华东师范大学、同济大学等学校兼职教授。新教育实验发起人、中国教育 30 人论坛共同发起人。曾多次主持联合国教科文组织委托研究项目，国家自然科学、社会科学等基金项目并多次获奖。在美国、英国、日本和国内发表教育论文 400 余篇；16 卷本《朱永新教育作品》等专著被译为英、日、韩、法、蒙、俄、阿拉伯、哈萨克等语种，是当代教育家当中个人教育理论著作输往海外的第一人。

高考与那三届的“遗产”

一

我是1975年高中毕业的。在家乡那个苏北小镇上，毕业意味着失业。

我先是闲在家里，给全家人做饭。为了改善伙食，每天上午去家门口不远的大河钓鱼，家人几乎天天有鱼吃，我也练就了一手不错的厨艺。后来觉得这样太婆婆妈妈，我就自己去找活干。先后做了一年苦工，从搬运工、翻砂工到泥水匠小工，吃了多少苦，挨了多少骂，已经有点麻木了。做搬运工的时候，扛着比自己身体重得多的槐树叶，在长长的木板上缓缓移动，一直担心自己连人带货掉到地上。

做翻砂工的时候，在四五十度的工作间，把烧得红红的铁水、铜水倒进不同的模子里，制造成各种各样的阀门。身上的衣服每次可以挤出几斤汗水。

做泥水匠小工的时候，把三四块砖头一口气抛给正在作业的脚手架上的师傅，听着他们放荡的骂声，讲张家长李家短的故事，被碎砖砸几下也是家常便饭。

1976 年，我总算托人通过关系走进了大丰县棉麻公司的大门。经过几个月的培训，到老家南阳镇供销社当起了棉花检验员。

这是一个技术活，抓起一把棉花，就可以定为几级品。手里又有一点小的权力，收购棉花时，俨然是一个“土皇帝”，等级、品质，就凭我们一句话。但是，天然的良心让我觉得，农民种田不容易，因此我特别认真，手下也特别留情，结果经常为了农民的利益与县城轧花厂的技术员争吵。因为我们经常“看高”了等级，而在送县城厂里验收时经常被“压低”等级……农闲时，我到供销社的商店当营业员。在商品紧缺的时代，营业员手里也有不少权力，能够买到不少紧俏商品。所以，也非常风光。

后来，镇上的供销社领导发现我的文章写得不错，就让我为单位写文章，为领导做秘书。我于是靠自己的“笔杆子”走进了机关。

1977 年初，由于写的文章还不错，县棉麻公司发现了我的写作“才能”，调我到县城当通讯员，在县城的一个小招待所里给了我一个房间。每天编编信息，写点稿子，好不自在。我逐渐安逸于当时的生活。我甚至想，也许，这一辈子就是这样，在家乡当一个有点小权的职员，娶妻生娃，终此一生。

就在这时，恢复高考的消息传来了。中学读书时最喜欢我的一对老师夫妇——语文老师徐鸣凤和物理老师林向云专门跑到我家中苦口婆心动员我，说一个没有接受过高等教育的人不能成为真正的优秀人才，他们甚至还主动帮我领了报名表。当我为填报志愿请教老师时，林老师坚定不移地动员我选择理工科，他说坚信科学救国，坚信“学好数理化，走遍天下都不怕”。其他老师也大多动员我报考理工科。现在看来，他们大多是经历过中华人民共和国成立后历次政治运动的风风雨雨，多少对“政治”有些冷漠和畏惧。但我最终还是填报了文学专业，仍然想圆自己的作家梦，语文老师暗地鼓励支持我的选择。

于是，我就在招待所里开始了备战高考。说是备战，也是轻轻松松地读书而已，同时还要隔三岔五地赶回镇里，帮助两个妹妹准备考试。

没有想到，一切非常顺利。很快通过了县城组织的初考。接着才开始真正意义上的复习：请朋友找资料，晚上到县城的中学听复习课。

拿到录取通知书的那一刻，虽然开心，但并不激动，因为阴错阳差，我读的竟然不是我钟情的文学，而是政治教育专业。我的父母也不激动，他们看见我的录取通知书来了，就更关心同时参加高考的妹妹有没有考取。最后我们兄妹二人双双考取，而且都是师范。

1978 年 2 月，当我一个人背着一个自己漆的小木箱，揣着姨妈送的 50 元钱和几件衣服，登上去往苏州的长途汽车向江苏师范学院进发时，我仍然没有意识到，这次考试对我意味着什么。

其实，正是那一次考试，彻底改变了一个苏北农村男孩子的命运。

二

2017 年恰逢恢复高考 40 周年，也是 77、78 级大学生毕业 35 周年。

6 月 17 日，我参加了由全球化智库举办的“那三届圆桌研讨会”和《那三届——77、78、79 级，改革开放的一代人》一书发布会。我在会上发言中提到，那三届的经历和道路有偶然性，也许不可复制，但是那三届人的精神却可以研究和传承。更重要的是，中断了十多年的高考制度下能够出现那三届这样的现象，能够出那么多的人才，其特殊性应该引发我们对那个时代高等教育以及大学招生制度和教育教学制度的一些思考。至少有四点值得我们借鉴的经验。

第一，那时候高考是没有门槛的，它给所有人平等的机会。恢复高考的时候，对年龄和学历的要求都不严格，几乎是零门槛，任何人都可以以同等学力参加高考。这在当时具有重要的意义，许多只有初中甚至小学文凭的人，因此有机会参与高考，最后顺利进入大学甚至读研究生。即使是现在，无论是高考制度还是人才制度，对出身要求太高了，公务员一定要大学毕业甚至还要研究生。我认为应该给所有人平等的机会，取消公务员的学历限制。我们无论是在大学招生、公务员选拔制度方面，还是各种人才选拔制度方面，都应该采取更灵活、更开放的选拔方式。我们一定要消除这种学历上的歧视，给予更多人更多的平等机会，给予所有人平等的机会。这就能够让广大普通人的人生有更多的出彩机会，也不会让广大青年把自己的前途命运一次性地“押宝”在高考上。

第二，那时候的混龄学习带来很多优势。大同学和小同学在学习过程中可以互相帮助取长补短，对我们的成长起了很大的作用。那时，大同学在一定程度上社会阅历和经验比老师都丰富，老师很多解决不了的问题他们可以帮助解决。现在我们的大学辅导员自己还是孩子，怎么教育我们的孩子？在一个班级内或学习群体里如果有年长的人，整个教育的活力和能量会更强。同时，同学里各种各样的人才都有，随时可以向他们请教。小同学精力旺盛，学习能力强，也促使大同学不能懈怠。现在的大学教育制度，因为基本上都是应届生，来了以后都是同龄人一起在学习，混龄学习已经成为历史。其实，国外大学也不像我们这样清一色的都是二十来岁的年轻人。我们应该鼓励社会人员进入高等院校学习，让混龄学习成为大学教育的常态，使其发挥对我们高等教育独特的补充优势。

第三，那时候教师和学生一起成长。无论在什么时代，教师总是教育的关键因素。谁站在讲台上谁就决定着教育的品质。当时，我们老师的学习劲头、积极性决不亚于学生，因为他们也是被十年“文化大革命”压抑和耽误的一代人。为了能够站稳课堂，为了能够追回失去的东西，他们也在如饥似渴地学习。所以，他们的确是与学生一起成长。相比较而言，现在就不太一样了。现在一些优秀的老师很难真正和本科生见面，年轻的老师也没有精力真正去做学问，外面的诱惑太多了。

第四，那时候大学是读书的天堂。我一直认为，大学只是提供了一个成长的场所，更重要的是它的空间，是它的学术氛围，从课堂里学到的东西远远不及从图书馆学到的东西多。这也是我自己在大学学习和教书的重要体会。我们那时候到图书馆里是找不到座位的，经常需要下午把书包放在那儿抢座位、占座位。我们拼命地借书、读书，每星期都借满一书包书去读的。回过头去想想，如果真正认真地阅读、有计划地阅读，从书本里学到的东西一定会远远超过从老师那里学到的东西。书籍是最好的老师，大学是读书的天堂，这非常重要。现在，整个教育体系，特别是大学教育，从阅读的氛围来说远远不如我们那个时候。我们的大学课堂基本和中小学课堂差不多，还是“上课记笔记，考试对笔记，考后全忘记”。这样一种教学方式不是以阅读作为基础的。大学生应该以文本学习对话，当初我们的学习在很大程度上至少有这样的特点：基本上老师都是开书单让你学。所以，在大学期间学生会做大量的阅读。同时，写作也非常重要。当时虽然没有明确的写作训练，但我们每星期都要写小论文，通过写作有很大的成长。现在整个高等教育中，阅读和写作远远没有放在非常重要的地位。

恢复高考 40 年过去了。高考改革和高等教育改革仍然在路上。回望 40 年前的高考与大学生活，那三届究竟留给我们哪些教育的遗产，的确是值得好好总结，并且好好地继承和发扬的。

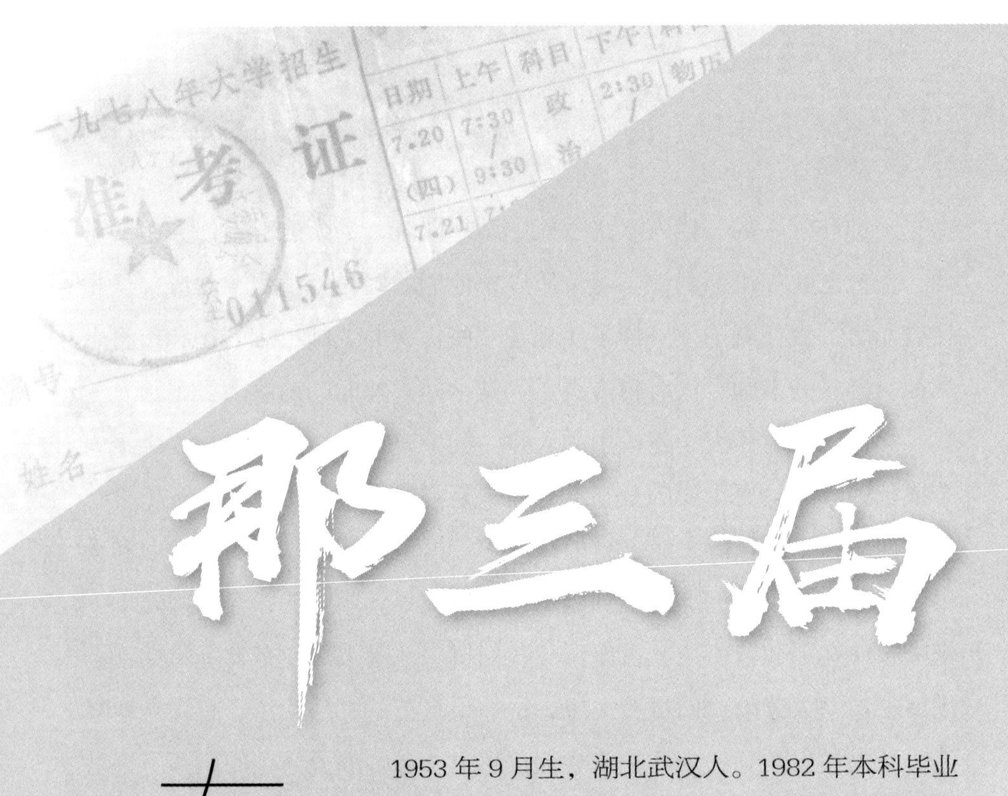

左小蕾

1953年9月生，湖北武汉人。1982年本科毕业于武汉大学数学系，后出国留学，1992年获美国伊利诺伊大学（Univ. of Illinois at Urbana-Champaign）博士学位。知名经济学家，对国际国内经济形势分析、资本市场改革和发展有较深入研究。现任中国银河证券首席总裁顾问，湖北银行独立董事，国务院参事室特约研究员。

40 年的变与不变

我是 77 级的，40 年以后，有很多改变，但也有不变的东西。

我们那一代人所具有的激情、意气风发和舍我其谁的理想、雄心壮志，直到今天，不管在哪个领域里，不管成功与否，这些都没有改变。我们当年一批学经济的留学生在美国第一次聚集在一起时，对中国经济发展的探讨和研究，那种想要改变中国甚至改变世界的激情和热情没有变化，这一点确实是难能可贵的。

高考改变了我们的命运。我刚考进武汉大学时，湖北省委书记来视察我们学校。他专门视察了大学生的食堂，语重心长地说："我们不能亏待学生，学生也要努力地学习，因为是 3000 个农民养一个大学生。"这就是当时的生产力水平，这句话给我留下了深刻的印象。所以，当我们的命运通过大学的教育改变以后，回报"江东父老"的意愿非常强烈。我们这些人毕业 40 年，闯荡江湖，"周游列国"，最后叶落归根，要回到祖国，回到生我们养我们的一方热土上来做各种各样的引领和贡献，这一点也没有变。

教育改变了我们的命运，所以我们就有一个情结，希望能够发展好

教育，让教育改变更多人的命运。通过教育改变命运，使贫困不代际相传，是政府一直的政策。但是在实现九年义务教育的目标后，贫困的状态并未明显改变，其中最主要的原因之一是教育质量的问题，而教育质量问题是与教育资源即优质教师资源不能公平配置直接相关的，特别是乡村和偏远地区的学校，教师水平与城市和重点中学相差很远。目前，我们国家在偏远山区还有十多万教学点，几十万教师以及几百万学生。在这种教育环境下培养起来的学生如何与人民大学附中、北京四中、成都七中、武汉华师一附中这样的教学环境下培养出来的学生竞争？过去多年来也尝试过很多方法，派出支教团、招募志愿者和对口帮扶等等模式，国培、省培也做了很多努力，但都未解决根本问题。提高和改善乡村和偏远地区的学校教师水平被认为是难以突破的瓶颈，这意味着公平配置教育资源需要进行更艰苦的努力。

"教育扶贫"是习近平总书记提出的七大精准扶贫模式之一。解决教育公平，是教育脱贫的关键，解决教育公平的关键问题之一在于提高乡村教师的教学水平。所以中央深改组通过的《乡村教师支持计划（2015—2020年）》中提出，要把乡村教师队伍建设摆在优先发展的战略位置。最近我在调研中了解到，广西和贵州毕节等地正在试验的"双师教学"模式，是一种城市优秀教师通过互联网技术，对乡村教师进行长期陪伴式培训的创新模式，有规模大、成本低、质量高、效果好的特点。贫困地区的乡村教师及城市资源配置薄弱学校的教师可以不离岗就能得到高质量的"校本"模式的培训。不仅老师受益，学生的学习成绩也提高很快。我们希望在加大试点的基础上，更大规模地推广。如果"双师教育"模式能够在农村和偏远地区推广，在未来五年内，对这些地区的乡村教师进行两轮、三轮的全程教学示范课程的培训，把乡村教师的水平都提高到中等平均水平，并坚持由"双师教育"和改进的"慕课"方式对教师进行终身"校本"模式的培训，乡村和偏远地区的教师水平一定能跨上一个新台阶，贵州的乡村和偏远地区的教育水平也就一定能得到实质性改善。

未来信息化时代的竞争是人才竞争。我期待受到良好教育的偏远地区的年青一代成为我国未来发展的栋梁之才，希望我国能取得脱贫攻坚决战的胜利，实现中国农村发展的弯道超车。

那三届

毕奇

现任中国电信北京研究院总工程师，无线通信领域国际知名专家，曾在著名的美国贝尔实验室工作 20 多年，2002 年成为第一位来自大陆的贝尔实验室院士。此外，毕奇院士还是国际电气与电子工程师协会院士（IEEE Fellow）。2010 年全职回国并入选中央组织部第四批千人计划专家。毕奇院士已获得 47 项美国国家专利，63 项欧洲专利。2010 年来华后，申请了 107 项中国专利，已授权专利 48 项。他在中国电信主持的“4G 多天线项目”成功落地，部署在中国电信 70%的市场。此外，他于 1996 年连续两年获贝尔实验室高技术部优异奖。于 2000 年及 2002 年，两次获贝尔实验室总裁金质奖。2003 年获贝尔实验室基础科学研究部最佳创新团队奖。2005 年获全美亚裔最佳工程师奖。2014 年获伦敦 GTB 创新奖。2017 年成为第一位来自国内的 IEEE 通信协会院士评审委员。

//

高层次人才的管理改革势在必行

我是上海交大 75 年工农兵学员，78 年毕业考上了交大第一届研究生，取得硕士学位后赴美国深造。回忆往事，高考在中国改革开放 40 年的发展中有着不可磨灭的贡献。它不但改变了一代人的人生轨迹，更重要的是为中国的近代崛起奠定了基石。

现在大家都在说高考的弊端，主要认为这种考试把学生培养成了考试机器。在高考的压力下，学生的童年和少年时代被练习、考试所奴役。无止境的重复训练摧残了孩子们的想象力和创造力。由此，有人进一步断言，高考是国内培养不出大师的元凶。

以上看法，确有一定道理，但很不全面，可以说是盲人摸象。每一件事都有进步的一面和有问题的一面。人才培养分不同层次。从历史来看，高考培养的大批人才都正工作在全国的关键岗位上。中国的崛起和成就，显然与高考是分不开的。即使在高层次人才培养方面，我们看到，目前有源源不断的高考生毕业后出国留学，成为海外高层次人才。因此，从历史和目前的实际数据可以判断，高考确实有弊端，但高考绝不是遏制高层次人才产生的主要因素。

如果我们进一步把高考毕业生分成两类，一类在国内发展，一类出国发展。我们会发现，同样一批人，出国的那批许多都成了高层次人才。而留在国内的，情况就不乐观。这就很明显了。国内缺乏高层次人才，问题主要出在用人机制和大学毕业后的继续培养机制上。

2015年6月，我在中央党校主办的《学习时报》上发表的《贝尔实验室兴衰对科研体制改革的启示》中提到，管理不同层次的人才，有着南辕北辙的不同。高考和目前国内的用人体制，对于培养大批绝大多数岗位急需的中低层次人才，非常适合。但由于目前国内对培养所有人才的方法采取一刀切的方式，这对于高层次人才的培养就产生了较大的掣肘作用。

人才的培养，非常复杂，是一门学科，很难用几句话描述。在这里，我们就举一个科技方面的例子。如果我们把人才粗略地分成低、中、高三级。从人数来说，我们需要大批的低级人才，一定数量的中级人才，少数高级人才。这三个层次形成一个三角形的金字塔。不同的机构需要不同层次的人才，对不同层次的人才管理，有较大的区别，如下表所示。

	低端机构	**研发机构**	**科研机构**
项目特点	难度低风险小	有难度和风险	十年磨一剑
资金要求	资金周转快	资金周转慢	资金作打水漂打算
效率要求	效率能够量化	效率量化困难	效率不是目标
管理形式	绩效可按数量	绩效需按质量	无为而治绩效
机构架构	机构可军事化	机构白领化	机构水平化
领导条件	外行可管内行	需内行领导	专家自行管理
动力驱动	金钱是动力	金钱加名誉	兴趣理想驱动
成果处理	成果保密	成果半保密	成果公开
市场处理	评判渲染	评判激进	评判保守

除以上区别外，我们国家在高层次人才的评判上也有一定问题。我在参加国外的一些评审时，发现一个很奇怪的现象，国内非常顶级的人才到了国际上无法得到同样的认可，这其中一个很重要的原因就是国内对人才的评判标准没有与国际接轨。国内与国际评审方面有哪些差异呢？

首先，差异在于“谁来评审”。

我们国家虽然现在比以前开放多了，但是我们评审团队里的外国人非常少，基本上外国人不能参加。众所周知，诺贝尔奖是全世界的科学家来评的，不是瑞典人来评。我在海外的时候，感觉海外在科技方面对国界的观念非常淡薄。高层次人才的科研合作和科研成果评判，都是面向全球的。回国后，发现国内科研的国界观念特别强。国内许多人有很强的自卑感，成果评判不敢走国际化道路。这对高层次人才的培养，造成了较大的不良影响。在中华人民共和国成立初期，由于国际对国内的封锁，被限制在国内是情有可原的。但在改革开放 40 年后的今天，自己人为地修筑一堵墙，把自己与国际隔离开来，这种做法，对国内高层次人才的培养极为不利。我们的这种做法，主要是担心外国人对我们的歧视。但据我多年的经验，至少在科研方面，实际情况与我们的假设大都恰恰相反。从我参加过的众多的国际和国内的评审中，我的感觉是国际化的评判比大多数的国内评判要公正和合理。

其次，差异在于评审的标准。

如果想要多出高质量高层次的科学家和文学家的话，最重要的是改革现有的人才绩效制度。可以说，现有的绩效制度是限制人才发展最重要的因素之一。如果所有项目都用钱来度量，会使很大一部分非常优秀的高层次的科学家陷入恶劣环境。从兴趣的培养方面来说，高层次的发明和创造以及艺术的产生是兴趣驱动的，但现在国内基本上都是效率驱动和利益驱动。这种管理机制，限制了高层次人才的产出。多元化的管理机制、因地制宜、应人才实施政策，是培养高层次人才的必备条件。

最后，差异在于评审的流程。

我们国家有很多特殊情况，相对复杂的人际关系使得我们在评判的时候必须非常小心。比如说我们在进行某个项目评审时，事先什么都不知道。候选人的材料突然发给评委，希望在半天之内评出来，这个时间太短了，在较短的时间里面很难或者无法判断这个项目是否符合标准。为什么这样做呢？因为想避免走后门。在国外，评选非常重要的奖项时，基本上要讨论半年甚至一年，充裕的时间也保证了较好的评审质量。走后门情况普遍的主要原因是犯规成本低。所以评审都有严格的不准走后门的规定，但实施时处罚机制不严格。中国传统的中庸之道导致处理不严。解决这个问题的办法可以包括严格处理参评者接触评审人员，建立严格的评审人员异况通报机制，以及扩大评审人员的选拔范围到国际等。

国内人才培养，特别是高层次人才培养，是我们国家创新升级的重要保证。高层次人才的管理改革势在必行。在我看来，人才管理的国际化是这一改革能否成功的关键。

赵小鲁

北京市第十一届政协提案委委员，第十二届政协（特邀）提案委委员。1969 年 3 月 17 日参加工作。在北京市委党校执教五年。1989 年辞职下海，作为发起人和组织者，创办民办的合作制律师事务所。1998 年经司法部派驻中国香港工作两年，后到英国留学一年。作为律师执业 35 年，在商务诉讼和国际仲裁领域积累了丰富经验。累计承办数千件案件，无一例工作失误。自 1995 年至今，担任全国律协和北京律协多个社会职务。全程参与了律师行业的主要改革工作。1996 年至今，累计为党和国家以及律师体制改革建言献策凡百余策，多被采纳。2001 年至今，累计为北京律师举办“理想信念和律师执业成长之道”专题讲座八十余次。听课律师近两万人。出版专著 3 部，撰写文稿 400 万字。作为北京律师党校常务副校长，晚年以培养后辈为唯一事业。2016 年，成功代理捍卫狼牙山五壮士名誉案，为推动《英雄烈士保护法》做出了贡献。2018 年，被评为“北京榜样，律师楷模”。

老三届精神，就是中华民族精神

老三届：一大批“关心国家大事，以天下为己任”的少年人

“文化大革命”，这是中国无法回避的一段历史。在中央十一届六中全会决议中，已经对“文化大革命”的基本评价做出了结论。但是，当我们研究在“文化大革命”背景下成长起来的一代人——老三届时，至今还没有深入的探讨。一直到生命第一个甲子轮回，我们才发现，老三届这批人，从老初一到老高三，年龄段相差六年，人数高达数千万。但是，一甲子之后，这一代人的生命轨迹，竟然十分相近。不论大家家庭情况如何，成长经历如何，都有一个共同之处，就是“关心国家大事，以天下为己任”。

我从十五岁开始，实际上，还要早些，就立志要搞清楚一些问题：国家和社会发展的问题。我以追求实现人民富裕、国家强盛，作为自己的人生目标。我从懵懵懂懂开始，就迈出了探索真理的第一步。我的父母都是参加革命很早的老同志。由于工作需要，家中书柜摆满了马恩列

斯和毛主席的著作。“近水楼台”，我打开的第一本书，就是《共产党宣言》。《共产党宣言》并不艰涩难懂，但对于我——一个十五岁的少年来说，还是隔膜得很。然而，《共产党宣言》中阐述的马克思主义的基本原理，深深地吸引了我。甚至多年以后，我已经通读过一百多部马列主义原著，包括《资本论》和很多经典哲学著作，并对马克思主义基本原理的理解越来越深，我居然坚持认为，读懂了《共产党宣言》，就读懂了马克思主义。我决心制订一个庞大的、雄心勃勃的计划，循序渐进地逐步掌握马克思主义的基本原理。

原定两年完成的读书计划，我实际花费了七年时间。因为，我在1979年3月17日，分配到铁路分局，又二次分配到丰台车务段，最后落地，分配到周口店车站。在基层站段，我当过连接员、调车员、助理值班员、值班员，还当过货运员、扳道员，就是李玉和干的活儿，甚至道口员。每天下班，我为了刻苦磨炼自己的意志，为了列车“抢点”，主动到装卸班帮助装卸货物。17岁的少年居然可以扛起二百斤重的麻袋，登上大跳板，把麻袋装到高高路基上的车厢里。每一次登上大跳板的最后几步，双腿都酸软无力地直哆嗦，但每一次都咬着牙，将麻袋卸到车厢里。支持我的力量，非常简单，就是一句毛主席语录，“下定决心，不怕牺牲，排除万难，去争取胜利”。每次义务加班加点，下了班，就到晚上了，留给自己读书的时间则所剩无几。连续七年，我基本没有一天休息，每天深夜都是我读书的时间。有时候，车站停电，我就打开信号灯，李玉和用的那种，在信号灯光下读书。马克思主义的理论，深深地打动了我。我几乎疯狂地、如饥似渴地吞噬着书中的一切知识。七年间，我通读了100多部马克思主义经典著作，写下了100多万字的读书笔记。当我19岁，也许是20岁读完《资本论》一至三卷时，我为马克思主义的三个组成部分所深深折服。从此，虽然我在年轻时代多遇坎坷，但我对马克思主义的信仰，从来就没有动摇过。在那个年代里的很

长时间，如果一个人要公开讲自己的马克思主义信仰，常常会引来一些朋友不理解甚至怪异的目光。一直到 2005 年，我受律协党委委托，给北京律师行业的党支部书记讲党课，第一次选择了《共产党员律师应该信仰马克思主义》这个题目，我才公开宣传，我信仰马克思主义，并呼吁“共产党员要信仰马克思主义”。

信仰，是一个人之所以成为大写的人的最重要标志。树立马克思主义信仰，是“知行合一”的长期过程。简言之，我信仰马克思主义，经历了五个阶段：第一阶段，家庭的革命传统教育。这对一个小孩子，可能是非常简单的，甚至是潜移默化、润物无声的，但却是重要的启蒙教育。第二阶段，我刻苦攻读了大量马克思主义经典著作，累计 100 多部。基本把当时能够找到的马列经典著作，都看过了。当然，除了《马恩全集》。它太庞大了，我知道自己一定看不完，也知道自己完全可以不看。这些全集，还是留给理论家们去读吧。但是，在理论上接受马克思主义，只是树立信仰的基本思想基础。第三阶段是在人生历练中，反复印证马克思主义基本原理的正确性，分析社会极其复杂的现实。我确实觉得，马克思主义实在是一个强大的思想武器。你只要掌握了这一理论的基本原理，就可以把云山雾罩、错综复杂的社会现象，主要是社会发展的大脉络、大方向，看得清清楚楚。从此，你就是一个十分清醒、胸有成竹的人了。第四阶段是在实践中不断探索马克思主义与时俱进的理论创新。我发现，理论创新，往往是草根马克思主义者最有发言权。特别是从第一线得出的理论结论。我从 1996 年开始，陆续为中央和政府的重要决策直接提供法律服务。我的法律意见也早已远远超出了法律的范畴，一些重要意见甚至被直接写进了中央文件。很多建议，最后都被党和国家的政策所印证。这方面的内容，我集中写进了《三十年律师生涯，一辈子责任担当》（2014 年 6 月 26 日）这篇文章中。其中，随笔记之，我在 2001 年提出，关于人类社会发展的规律，不应采用苏联提出的人类社会发展五阶段（即依次从低级向高级发展的“单主线发展”）理论，而应采用黄土文化和海洋文化、双主线多元化、从低级向高级发展的“双主线发展”理论。我坚信，这一理论，最终会被马克思主义主流理论所承认。又如，我在2011年提出，中国社会要进入健康可持续发展轨道，一定要逐步实现本土经济循环圈和世界经济循环圈相互契合、滚动发展的“双经济循环圈”发展模式，也会最终为我国的发展实践所印证。我在2012年左右提出，并反复呼吁的建立各级党委法律顾问制度的建议，已经形成了中央政策。我在2013年提出的“释放土地红利是应对经济下行的治本之策”，全文被核心媒体编发《内参》，引起了中央的重视，并在以后的一系列中央文件中体现出来。我还多次提出，马克思主义与时俱进，一定要建立第四个组成部分，即马克思主义伦理学。科学理论只有和最广大群众形成人性真善美的桥梁沟通，才具有最深厚的生命力，等等。第五阶段，也是最重要的一个阶段，就是在人生跌宕蹉跎中，印证和坚守自己的马克思主义信仰。以我个人为例，我的父亲很早就参加了革命，但在“文化大革命”中，受到不公正对待。这种家庭背景使我和一大批相似经历的年轻人，在政治上被打入“另册”。尽管我的工作非常出色，干活经常累得快要吐血，但是，如果你不和父亲划清界限，就没有入党的可能。我在18岁那一年的7月1日就正式提出了入党要求。以后的每年“七一”，我都提出一次，连续13年，我递交了13份入党申请书。在我思想最苦闷的时候，我的父亲总是对我说：“我的问题，要由党来决定，和你们没有关系。党是母亲，儿子即使受了冤枉，也永远不会埋怨自己的母亲。”“党是母亲”这句话，我记了一辈子。在今天，这一信念一定会被很多人嘲笑。但是，这正是老一辈革命者最坚定的信念。也是我们老三届很多人坚信不疑的信念。最终，父亲的问题在胡耀邦同志的直接关心下，彻底平反。我也一举考上大学，并在大学加入了中国共产党。这13份入党申请书，

既是对我思想信仰炼狱般的考验，也是对我决心一辈子跟党走、决心坚守马克思主义信仰的历史验证。

老三届这一代人，从关心国家大事，到追求真理、学习马克思主义，到树立马克思主义信仰，到一辈子追随共产党的这一人生轨迹，不是一两个人的，而是一大批人的。正是坚定的马克思主义信仰和共产主义信念，造就了老三届这一代人。

改革开放，第一个吃螃蟹的人

我有非常强的自学能力。这不是天生的，而是环境逼出来的。所以，逆境可以锻炼人。由此想起孟子那段话："天将降大任于是人也。……"结果是，1979 年，我 28 岁，抓住最后一年的机会，一举考上了大学。当年大学高考五门功课，我缺考数学一门，因为不会，但四门总分数还是超过了全国重点大学录取分数线。因为数学没有成绩，被分配到人民大学一分校法学专业，从此进入了法律领域。大学毕业后，先是在北京市委党校教法律，成绩斐然。1989 年，我放弃优厚的工作条件和光明的政治前途，毅然辞职下海，作为发起人和组织者，创办了中国律师体制改革后第一批中的一家民办律师事务所，成了一个勇于吃螃蟹的人。当年，我选择当专职律师的动力来源于施洋大律师。终其一生，施洋大律师都是我追随的楷模。施洋大律师为劳苦大众服务，为社会正义奋斗的理想信念，影响了我的全部律师生涯。

我执业 35 年，业务上精益求精，尤其在商务诉讼和国际仲裁领域有所擅长。在这 35 年中，我承办案件数千件，无一例工作失误。这是对一个律师业务能力的最高赞誉。在律师行业，我也是收费最高的律师之一。但是，回顾我的律师生涯，我的绝大部分时间都奉献给了中国律师体制改革事业。从 1995 年开始，我先后担任了从全国律师协会到北京律师协会的一系列社会职务，至今，还在为行业做一些社会工作。我参与了中国律师体制改革各主要环节的全过程，先后为中国律师体制改革提出过数十条建议，基本为行业所采纳。随笔记之，我在1998年提出的“全心全意为人民服务，时时事事对客户负责”的律师执业宗旨，已经成为中国律师行业的共识。1998年，我经司法部派驻中国香港工作两年，又到英国留学一年，零距离观察和比较了中英两种社会制度和两种文化体系，撰写了6万字的留学报告《只有社会主义制度才能使中国富强》。2001年提出的“抓住行业党建工作，就抓住了行业发展的龙头”“律师心中要有老百姓”，2006年提出的律师行业要研究应对“一个发展瓶颈三块发展短板”挑战等建议，也已经形成了行业政策。基于此，我被律师同行誉为中国律师体制改革的“活化石”。

律师要靠时间赚钱。30多年来，我把四分之三的时间都用于律师行业的社会工作，自然，这极大影响了个人收入。一年如此，两年如此，35年，一以贯之，但我习以为常。因为，我的血液里，秉承了中国知识分子的传统价值观，“修身齐家治国平天下”，“先天下之忧而忧，后天下之乐而乐”，“国家兴亡，匹夫有责”。

我感谢律师行业对我的培养，也感谢国家对律师行业的扶持。我愿以毕生精力，回报我们的律师行业。

把每一件业务都做成精品

经常有社会朋友问我，赵律师，如何请一位好律师？我的回答是，第一重要的是责任心。有责任心，小律师可以办大案子；没有责任心，大律师办不好小案子。律师的责任心，体现在依法诚信，体现在尽心竭力。

我执业35年，承办数千件案件，无一例工作失误，这绝非偶然。

原因除了刻苦钻研业务以外，就是力求把每一件业务都做成艺术品，尽心竭力。有了责任心，我和我的律师同事多次为委托人完成了“不可能完成的任务”。

我多年的业务领域，主要在商务诉讼和国际仲裁。一次，我接到一位华裔美国人从美国打来的电话，希望尽快和我见面。这是一件数年履行合同，涉及大理石进出口贸易、金额 8 千万美金的国际仲裁案件。但是，当事人飞到北京，手里却只有几张合同。我详细询问了情况，制定了代理方案，并立刻出发，到江苏宜兴深山的大理石厂调查取证。为了赶在仲裁开庭前调取证据，我坐飞机到南京，又坐汽车到宜兴，然后坐拉白灰的拖拉机进山，一直到调查的大理石工厂。拖拉机上一路颠簸，白灰飞扬，我刚刚做好的一件黑呢子大衣全成了灰白色。但是，终于取到了大理石制作程序标准和出口的全套资料。最后，这件仲裁案件，我们赢了。又如，一件涉及金额 4 千多万的债务合同，因为资金走向和债务人之间形不成直接因果关系，一审二审都败诉了。我们代理申诉后，我组织律师组，下大力气，先后梳理了 500 多个证据线索，逐一比对各组证据的逻辑关系，历时将近两个月，终于将资金走向和债务关系形成了完整的证据链条，因此我们获得全胜。这类例子，不胜枚举。

毕生修为，就是为了等待捍卫英雄名誉这一天

历时一年多的狼牙山五壮士名誉案，已经尘埃落定。我撰写的十几篇、将近 30 万字的文章，全方位阐述了这一案件的历史意义和现实意义。这一案件最终推动了《英雄烈士保护法》的立法工作。其中，最近的三篇文章,《关于代理捍卫狼牙山五壮士名誉诉讼案的问答录》(2017 年 9 月 11 日),《忽报人间曾伏虎，泪飞顿作倾盆雨》(2018 年 1 月 29 日)和《检察日报记者专访赵小鲁律师:“狼牙山五壮士名誉案”和〈英雄烈

士保护法》》（2018 年 4 月 4 日），可以一读。我有时候真的感觉，自己奋斗半生、数十年的修为，就是为捍卫英雄名誉做的准备。所以，才有了对这一案件从头至尾全程俯视、几近复盘的视野。为了省事，我原汁原味，引用《天佑我中华："狼牙山五壮士名誉案" 结案报告》（2016 年 9 月 3 日）中的一段话加以印证：我和王立华同志作为委托人，一年来，三百多个日夜，只干了一件事，废寝忘食，只想了一件事，就是要揭露历史虚无主义的丑恶嘴脸，还历史本来面目，为狼牙山五壮士名誉沉冤昭雪，以胜诉判决告慰革命英雄在天英灵。自 2015 年 7 月 24 日授权仪式，至 2016 年 8 月 15 日二审终审宣判，一年零二十二天，无日无夜，殚精竭虑，深感责任重大。无数革命先烈的在天英灵，无数革命后代和广大人民群众的信任嘱托，"胜诉大胜完胜，经受历史检验" 的目标，民族情感和历史责任，日夜烧灼着我的每一根神经，使我深感肩头责任重大，不敢有一丝一毫懈怠。我的一个小笔记本，忠实记载了我一年零二十二天的工作。笔记本大不盈掌，累计不过万字，但随处可见 "凌晨一点摘记" "凌晨二点摘记" "凌晨三点摘记" "凌晨四点摘记" 的字样。日记写得字迹歪斜，有时潦草几不可辨。我经常半夜起身，在床头灯下，匆匆记下十数个字，甚至数字，随后即整理成文，甚至一夕数起。无数个夜晚，经常在梦中灵光乍现，激灵醒来，即披衣而起，伏案疾书，直至天明。

我逾花甲之年，每每深夜，苦思冥想狼牙山五壮士名誉案，也不时回忆起自己大半生的经历：15 岁开始系统学习马克思主义，披星戴月，研读马列原著百余部，数十年不懈不怠；18 岁树立共产主义信仰，连续申请入党 13 年，虽屡受挫折，但无怨无悔；人生事业，起承转合，五次大舍大得；海外留学，寻求真理，坚信 "只有社会主义制度才能使中国富强"；律师执业 35 年，承办指导疑难案件数千件，无一例工作失误；心中常燃 "法律良心" 明灯，无一日一案不坚守依法诚信。16 年以解惑传道为己任，多年研究社会主义律师政治学，听课律师逾 9000 人。

出版专著3部，累积文稿400万字，皆为国家社会现实和律师行业发展有感而作。“身处江湖之远，心系庙堂之忧”，数十年向中央和有关部门提出各种建议近二百件，多有采纳，并为历史所印证。理想信念，人生历练，理论修养，律师经验，似乎都在准备着，为了维护中华民族英雄和革命先烈名誉而斗争。我命中注定，天生就是为了这一天！

为什么我在60多岁，一听到那些历史虚无主义者们诋毁、污蔑、否定狼牙山五壮士的名誉，就义愤填膺，血脉偾张？其实，这是由于我们老三届这一代人的特殊经历所决定的必然心理状态。不妨在此，以我个人经历简要回顾之。我的父母都是很早参加革命的老同志。在我幼年，印象最深的就是，每逢冬季周末，我们围坐在家里一个铁炉子周围，一边烤着窝头片，一边听着父亲讲打鬼子的故事。我上小学印象最深的课文中就有狼牙山五壮士的故事，有红军长征过草地的故事，有黄继光、董存瑞、刘胡兰的故事。正是这些英雄人物，引导着我们这些少年，树立了自己的人生观、英雄观。父母由于工作需要，家中书架上摆的多是《马克思恩格斯全集》《列宁全集》《斯大林全集》《毛泽东选集》等一类马列主义书籍。我从15岁开始，就自觉系统地学习马克思主义经典原著。这个时期，为我树立马克思主义信仰，坚定为共产主义而奋斗，打下了终生不渝的坚实基础。我还记得2006年，我作为北京律协的监事长，率领北京律协重走长征路小分队，重走了一段长征路，亲身感受了革命前辈当年浴血奋战的环境和氛围，深感灵魂受到震撼，精神得到升华。当时我写了一篇《寻找失落的长征精神》。我提到，只有长征精神，才能拯救中华民族的灵魂，才能重新振奋中华民族的精神。后来，我又出了第三本专著《中国律师行业政治文化研究》。政治文化的第一要素，就是红色文化。实际上，在中华民族伟大复兴过程中，尽管我们的物质得到了极大的丰富和发展，但是社会上也存在着不少矛盾和危机。我仔细比较研究了中西方文化之优劣短长，提出来，依靠儒家文化不行，依靠佛家、道家文化不行，依靠西方的基督教文化也不行，必须在我们中华民族精神中，注入红色文化的基因，才能最终振奋我们的民族精神。红色文化是中华民族精神的核心文化元素。

这么多年，我一直以“身处江湖之远，心系庙堂之忧”作为自己一生的座右铭。我多次为党和国家的重要决策提供法律服务。很多法律意见被中央全部采纳并直接写进了中央文件，这种例子多有枚举。而在中华民族伟大复兴过程中，诋毁、污蔑、否定我们的革命英雄，实际上就是要否定共产党的历史、共和国的历史、人民军队的历史。这是境外敌对势力对中国实行和平演变的锥心之术，剜心一刀。所以，从我的个人经历看，我们这一代人都有浓厚的、化解不开的革命史观、英雄史观。当我们心中的英雄楷模受到某些阴暗势力的污蔑、玷污的时候，你能不血脉偾张，能不愤然反击吗？所以，我在第一分钟就断然决定代理狼牙山五壮士名誉案，看似偶然，实为必然。

传灯，晚年唯一的事业

时间一晃，我已经六十有六，逾花甲之年。回顾多半生，刚刚参加工作时意气风发的少年小伙儿形象还历历在目，不过一瞬间，两鬓已经霜白。生命之河，也从涓涓细流到跳跃奔腾。喷珠溅玉的激流，渐入大河，流水深阔，从容不迫，波澜不惊。我的多半生，可以用 16 个字概括：“少年思学，青年思奋，中年思悟，老年思教”。读书、思考、实践，一直是我的生命常态。我的人生阅历，特别是 35 年律师执业的丰富经验，应该流传下去。我们北京律师的人数已从我做律师时的 600 人发展到如今的 3 万人，这里面 80%以上是年轻律师。我们律师行业，也迎来了吐故纳新的时代。但是要看到，行业也同时面临年龄断层、传统断层、经验断层的严峻挑战。如何使律师行业薪火相传，后继有人，成为我们这些老律师日思夜想的事情。50 年的社会阅历、35 年的律师经验，凝聚成一点，就是心中要有一盏“法律良心”的明灯。传灯，就是我晚年唯一还要努力的事业。

我从 2001 年开始，就受行业协会和律协党委委托，给年轻律师讲课。那时候，北京律师还只有 6000 多人。17 年来，我不间断地给每一批新入行的律师举办《理想信念和律师执业之道》的讲座，累计涉及 80 多个大专题,200 余个子课题。每次讲课，我都精心准备，呕心沥血，历时月余。我先后出版了三本专著:《中国律师体制改革思考录》(55 万字，2006 年),《我的社会法学观》(67 万字，2012 年),《中国律师行业政治文化研究》(50 万字，2015 年)。在赵晓鲁律师事务所的网站，我开辟了《晓鲁学堂》专栏。10 年间，专栏登载文稿 400 万字，全部是关于律师成长执业之道的答疑解惑。

现在，我正在和很多老律师一起，努力做好“传灯”的事业。

尾声

老三届是中华民族承前启后的一代人。历史给予这一代人最艰苦的考验，也淬炼出无数担当历史重任的人才。我说，老三届精神，就是中华民族精神的一部分。

我们每一个老三届，都有着浓郁得化不开的“老三届情结”。作为一名优秀律师，其中一个基本素质就是出色的语言表达能力，要做到思维缜密，逻辑清晰，文字流畅。所以，我历来写东西基本是拉一个简单提纲，然后录音，最后由秘书打字，再做修改。通常，我的录音文字约一两万字，然后也就是仅仅修改几句话、几个错别字，核对几处资料。

但是，这篇文章虽然信马由缰、笔触随之，却是我亲自一个字一个字打出来的。每一个字，都流淌着老三届的浓郁情怀。

陈爱民

1959年5月生，重庆市人。1982年毕业于四川大学政治经济系。1988年毕业于宾夕法尼亚州立大学经济系，获经济学硕士学位。1990年毕业于宾夕法尼亚州立大学经济系，获博士学位。曾任四川大学副校长，曾任西安外事学院院长。

//

从我做起，知行合一

我是非常幸运的。改革开放之后赶上了高考“这班车”，而且还基本处于应届生的状态。我没下乡，高中毕业后没有被耽搁太久就上了大学，而且大学毕业以后很快就被公派去了美国留学。

在美国我拿到了经济学博士学位，并成为美国一所州立大学的一名终身教授和杰出教授。在美国似乎该挣的都挣到了，生活和事业也就变得好像一眼可以望到头，没有了兴奋点和挑战性。就像海外成功华人所取得的共识说的那样，在海外无论如何做，都只是一份工作，而回国可以做的则是一份事业。2005 年，四川大学向全球公开招聘副校长，我就应聘回来了。在四川大学干了几年，因为在民办和公办选择上我比较喜欢在新建的民办高校“白纸”上去画“最新最美”的图画，于是我放弃了公办大学的职务，做了民办高校的校长。

在我国，民办高校的生存还是比较困难的，有发展阶段的原因，有社会的原因，也有民办高校自身的原因。从政策的角度看，这几年我国在高等教育改革特别是高等教育所有制形式改革上有很大进步，民办高校的生存空间和外部治理环境在不断得到改善。比如 2016 年 11 月 7 日，第十二届全国人民代表大会常务委员会第二十四次会议审议通过了《关于修改〈中华人民共和国民办教育促进法〉的决定》，不仅鼓励社会资金投资民办教育发展，并且要求对民办高等教育按照营利性和非营利性的经营模式实施分类管理。如果分类管理得到有效实施，将来中国高等教育将呈现什么样的局面呢？我认为，可能和美国的分类发展差不多，既有分类的公办高校，也有分类的民办非营利性高校和民办营利性高校。因为有效的分类管理是对教育规律的遵循，可以带来社会资源的优化分配。

作为一所民办非营利高校的校长我能做些什么呢？

2007 年，我提出几点思路：首先，中国不要都去追求办博士、硕士学位授予大学，中国需要优秀的本科大学；第二，我们的老师需要更好的机制让他们发挥“人类灵魂工程师”的作用；第三，我们的学生要学会礼貌地质疑老师。我一直在推动宣传这些理念和这些文化。

我提出“礼貌地质疑”，是因为我们的课堂师生关系只讲礼貌，基本没有质疑，而美国学生则质疑太多，礼貌不足。美国学生经常习惯性地把责任推给老师，即使学得不好是因为自己没认真学。所以，中国学生学会“礼貌地质疑”既是对尊师重教优秀文化的传承，也是改变中国课堂师生互动不足、学生思维不活跃的重要途径。质疑和批判性思维是创新的基础。所以，每次跟学生接触，我都要求他们“争取每天在课堂上提一个问”，从而养成礼貌质疑的习惯。在学生管理上，我还坚持“严格+关爱并重”的模式。师长平时要多与学生沟通，多给他们关爱，使他们愿意去朝着健康向上的方向发展；而犯了错该受处罚就必须按照规则处罚，这样可以使他们养成对规则的尊重。我发现学生比较接受我的这种管理方式。我被叫作“院长妈妈”，也有叫“女神校长”的。我不知道自己是不是担得起这些称呼，但有一点是名副其实的，我基本可以算是不说空话、不说假话的校长。作为校长，你首先必须有比较高尚的情操和先进的理念，并且能够做到知行合一。

我们国家在日新月异地发展。在这样的大环境里，追求你认为应该实现的人生的价值，为社会做贡献，是有空间、有平台的，比如改变说大话的氛围，改变不严谨的学术氛围，改变与学生的关系，改变对规则的不尊重……可以做的事情很多，关键在于坚持，在于从正面角度去做事。每一个教育工作者，都有责任“从我做起”，并做到“知行合一”。

卢迈

现任中国发展研究基金会副理事长、秘书长。1981 年毕业于北京经济学院，获经济学学士学位。历任国务院农村发展研究中心（农研中心）发展研究所市场研究室主任，农研中心联络室副主任，农研中心农村改革试验区办公室副主任、主任，国务院经济体制改革领导小组办公室成员，流通体制改革领导小组成员。1990 年赴美国哈佛大学肯尼迪政府学院学习，获公共管理硕士学位。1995 年回国，在国务院发展研究中心工作，任研究员、国际合作局副局长等职。1998 年起，担任中国发展研究基金会副秘书长、秘书长。1998 年获国务院特殊津贴。

高考是改革开放的先声

对我个人而言，高考具有重大意义，因为高考赋予了我上大学的机会。1971 年的时候，大学只接收推荐的工农兵学员，当时，我作为被推荐人填写了表格，被告知回去等消息，但之后就如石沉大海，再也没有了回音。与此不同的是，恢复高考为我们每个人创造了平等的机会，通过高考，我就可以名正言顺的上大学了。因此，我认为有高考和没有高考是有很大区别的。今年我已 70 岁了，算上 77 年恢复高考前的 30 年，我经历了很多。过去的 40 年因高考而开启了中国的新时代，我真的十分感谢高考。

高考和改革开放紧密相连，它是改革开放的先声。高考的意义或许没有那么大，但是改革开放的意义很大，它给了人更多选择的自由、更多发展的机会。假如高考失利，如果家庭富裕可以选择出国；如果是农村的孩子，也可以复读再次参加高考。我见过连续三年高考最终考上清华大学的人，见过大学没考好、研究生考上北大清华的人，也见过不上大学做生意做得挺好的人。我见过很多上述这样的人。因此可以说改革开放给了人们更多的选择和机会，因此我们感谢高考，更感谢改革开放给我们带来这样多的机会，这样多的选择。

那三届

宁滨

北方交通大学电信系 1977 级毕业生。现任北京交通大学（原北方交通大学）校长、教授、博士生导师，中国交通系统工程学会副理事长，能源与土木建筑水利学部常务副主任，科技部“十二五”“863”计划专家委员会委员。作为国家高速列车运行控制、城市轨道交通列车控制和智能交通领域的专家，主持多项国家、铁道部和北京市重点项目，曾获国家科技进步二等奖三项，铁道部科技进步奖特等奖、一等奖和二等奖多项。

回归人才培养的规律

高考既改变了一代人的命运，也改变了国家的命运。

77、78、79 级这三代人实际是过渡的一代。能否尽到我们的责任，将我们这一代的精神很好地传递下去，是我们今天纪念高考恢复 40 年应该认真思考的问题。

首先，关于高考制度，存在一些争议。这些年谈了很多关于高考制度的改革，从大制度来说，应该充分肯定它，在没有找到更好的办法之前，必须维持这个制度的整体框架。

其次，高考的形式和内容还需进一步改革。高考的恢复是我们国家从不正常年代恢复到正常年代的序幕，从不正常恢复到正常略微容易一些，但现在国家要从正常的年代往更加高级阶段发展，这个跨度就会更大。我们现在谈建设创新型国家，要培养创新型人才。高考是人才的选拔，但是如何培养创新型人才？这是我们这代人必须要面对的问题。教育是创新型人才培养的一个环节，但不是全部，创新型人才也并非全是教育培养出来的，但教育却能为此打下一个非常好的基础。下一步高考应该从这些维度出发进行改革。

第三，大学的功能一方面要求我们要回归教育，要静下心来；另一方面又要强调大学和社会的联系，强调科研成果转化。我们应该减少浮躁的东西，功利化的东西，真正回归人才培养的规律。

总体来说，我们这一代人从 40 年前的高考走到了今天，有更多的责任去思考：大学在创新型人才培养方面如何探索出一条全新的道路，在我国当前这种形势下如何把教育办好，把人才培养工作做好，保证我们国家下一步的发展，从而顺利完成我们这一代人的使命。

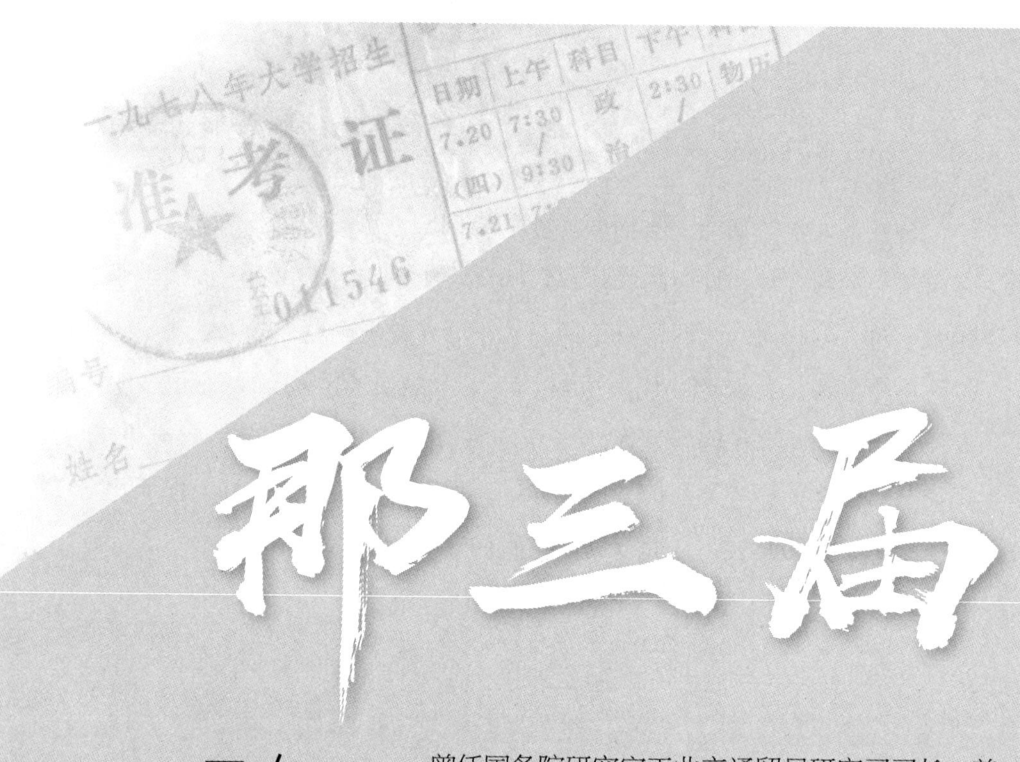

那三届

陈全生

曾任国务院研究室工业交通贸易研究司司长，曾在国家经委、国家计委、国家体改委、国务院生产委、国家经贸委等部门工作多年，长期从事经济分析、政策研究工作。曾参与起草国务院《关于鼓励支持和引导个体私营等非公有制经济发展的若干意见》，参与国有中小企业改革及医改等政策研讨及制定。2008 年 3 月被聘任为国务院参事，2013 年续聘国务院参事。

要反思当下应试教育

我们这一代应该好好反思高考，反思我们的教育体制。

我曾在教育部任职过一段时间，我知道教育体制改革是一件非常复杂的事情。我自己看过一些教育的书，例如，学习数学是学抽象的能力，现实生活当中一定是和具体的事物连在一起。学习数学是把复杂问题抽象化，把复杂问题简单化的过程，是学习这种能力。学习几何是学习逻辑的能力，学习逻辑是学习推理、寻找规律的能力。学习美术是学习观察的能力，画树不仅要画树干还要画树冠，还要画树枝、画叶脉，大节、细节都要掌握。因此，我觉得我们的教育确实要有这个过程。

追求学历不错，但有学历不一定有知识，有学历的人不进行知识更新，就是陈旧无用的知识，更遑论有知识也不一定有能力。知识和能力是两个不同的范畴。学浮力定律、阿基米德定律，浮力计算得很好，不会游泳下水就会被淹死。有了学历，有了知识，有了能力也不一定有价值。例如生产了 5 万个杯子，却只卖出 3 个，这就毫无意义。因此，我们的教育应该学历、知识、能力、价值并重。

那三届

石勇

湖南湘西人。中国民主建国会中央委员，研究生学历，管理科学与计算机系统博士。现任中国科学院虚拟经济与数据科学研究中心主任、发展中国家科学院院士。先后主持了国家自然科学基金创新团队（2006—2012）、国家“973”重大项目课题、国家自然科学基金委跨管理学科与信息学科重点项目、国家自然科学基金重大国际 / 地区合作与交流项目、中国科学院创新团队等项目。2016 年 8 月被聘任为国务院参事。

教育改革势在必行

高考改变了我的人生轨迹。我们的社会要发展，教育就要改革，要全方位地发展人才。我们要发展普世教育，加强职业教育，探讨新的教育模式，加强民办大学教育。

第一，推行普世教育，把学生接受教育的权利扩大到大学本科。我去瑞士参观了他们的特色小镇。我发现一个村子就是一个企业，做精密仪器的企业一年只做三台制表机械，中国就缺乏这种工匠精神。中国社会要发展，实现“工业制造 2025”，就需要进行教育改革，必须全方位发展人才。第二，加强职业教育。第三，探讨教育新模式，比如起点大学，Online University，Homeschool 等等，社会的发展要求教育应该是多样性的。第四，加强民办大学。在国外最好的私立大学基本都是民办大学，优秀的民办大学比比皆是。如果我们从现在开始大量地办一些特色性的民办大学，很可能在 50 年、60 年、80 年、100 年以后会形成一批真正的世界一流大学。

我想，只有真正把教育做好做透，真正让教育本身的改革走向世界前列，我们国家才可能走向世界前列。

那三届

李曙光

现任中国政法大学教授、博士生导师、研究生院院长、破产法与企业重组研究中心主任；曾任中国政府与亚洲开发银行和世界银行等合作项目的中方首席顾问。主要研究领域为经济法理论、破产法、公司并购与重组、法治改革、法制史等。长期研究企业破产与兼并问题，是国内该领域最早的开拓者之一，也是中国新《破产法》和《国有资产法》的主要起草者之一。曾获第三届中国发展百人奖。

//

“那三届”要有三个保持

我在大学的时间很长，尤其是做了快 20 年的研究生教育，我认为，那三届的学生与现在的学生有几方面不同：第一，素质教育的不同阶段。那三届的素质教育基本上在中学和知青阶段完成，现在学生的素质教育在大学甚至研究生阶段才完成，所以他们的利益意识特别强。我想，素质教育应该小时候就养成，如果放到大学以后就有点迟了。第二，那三届是很有理想的，这个理想充满着一种历史责任感、社会责任感，充满着抱负。现在的学生是目标制的，他们的目标很具体。他们需要为就业而竞争。他们进入大学尤其是研究生阶段就开始焦虑，所以现在研究生教育很大程度上成为过渡式的学位，而不是真正的教育教学过程。第三，那三届经历了下乡等各种历练，所以恢复高考后，我们如饥似渴地学习，那时候很多人都想当百科全书式的专家，文史哲都要通，特别是读文科社会科学的，读理工科的也要懂唐诗宋词。现在的学生是智能的一代，手机、互联网代表一切。

“那三届”大多数都已进入耳顺之年，我想我们需要有三个保持：首先，我们要保持理性的头脑。那三届精英见证了 40 年中国的各种历

史事件。我们非常成熟，非常有经验，所以要始终保持一种理性的头脑。第二，我们要保持思想的魅力。那三届精英对中国社会有非常重大的影响力，也有很多好奇心，很多创新，并没有老去。第三，我们要保持一种专业的作用。要做好自己的专业，在专业领域能够继续引领我们的后几代。

那三届

汤敏

现任国务院扶贫办友成企业家扶贫基金常务副理事长；曾任亚洲开发银行驻中国代表处首席经济学家、副代表，国务院发展研究中心中国发展研究基金会副秘书长。长期从事宏观经济研究。2011 年 2 月被聘任为国务院参事。

//

重塑未来教育

1998 年，正值亚洲金融危机，国家启动扩大内需，鼓励买车、买房。但那时候，经济下滑，下岗潮涌现，人们手里有钱也不敢花。当时，我发现，社会对教育的需求非常大，虽然考大学很难，但是，家长们砸锅卖铁也要让孩子上大学。而当时我国 18—22 岁的适龄青年入大学的比例仅为 4%，印度是 8%，菲律宾是 30%以上。在这种背景下，高校扩招既是促进经济增长的突破口，也是发展高等教育的突破口。这年的 10 月，我和左小蕾针对高校扩招给相关领导提出了建议并被采纳，从此我对教育越来越关注，对中国的教育有了更深刻的认识。

今天，我们进入了一个科技快速发展的时代，很多行业都在经历颠覆性的变化。原来在学校学的很多东西，可能出了大学就已经过时了，所以我开始研究终生教育。如果中国或世界不能快速地建立一套低成本、非常有效且紧跟新技术或新知识的终身教育体系的话，那么我们很快就会被机器人所取代。所以，教育改革不是仅限于高考改革、学校具体教育内容改革，而是整个教育过程需要重新设计。这个问题不仅是中国的问题，也是全世界普遍的问题。

我们目前的教育体系基本还是第二次工业革命的产物，是为大生产服务的，为培养螺丝钉式的人才服务的，而未来教育的全部是创新。这样的教育在世界范围内可能还不存在，虽然美国情况要好一些，但仍是非常欠缺创新教育。如何重塑未来教育？如何用第三次、第四次工业革命来定义和改造未来的教育？我想这一切首先就要从终身教育开始。

那三届

徐小平

1983年毕业于中央音乐学院。1987年至1995年，在美国、加拿大留学，并获加拿大萨斯喀彻温大学音乐学硕士学位。新东方创始人之一。2011年，创立真格天使投资基金，曾投资世纪佳缘、兰亭集势、聚美优品等企业。2016年，入选美国《福布斯》杂志"全球最佳创投人"榜单。2017年12月，入选"2017年度中国留学人员50人"榜单。

不负时代，推动改革开放

高考恢复真的改变了我们大家的命运。

22 岁那年，我在泰兴文工团担任乐手，正在乡下巡回演出。听说中央音乐学院恢复招生，我立刻写信给学校得到了一份招生简章，然后直奔上海参加考试。考完后需要等三天才发放复试通知，那时候泰兴去上海坐公共汽车需要五六个小时，我考完就回了泰兴。因为我当时感觉考上的机会很渺茫。回家之前，我把家里的地址交给了一个考生，对他说："这是我家的地址，假如你看见录取榜单有我的话就给我发个电报"。复试发榜那天，我在家坐卧不宁，一直等到五点，终于等来电报让我去参加复试。这时候已经没有班车了，我就坐着养猪场的卡车到了江阴黄田港，然后又坐着五等舱——和鸡鸭货物一起去了江阴。所幸考试没有迟到，这就是我的高考故事。

我了解 22 岁的青年人没有前途、没有机会时的那种茫然无助与失落的心态。所以，从参加高考那一刻起，求知的欲望和对外部世界的神往就成为驱动我一生的力量。

从 1983 年大学毕业到今天，40 多年过去了，我始终向往着知识，

向往着开放的世界，希望能够给自己以及更多的人带来开拓人生与实现梦想的机会。

简而言之，我们的命运被“那三届”所改变，而中国的未来也因为在座的以及更多的“那三届”人而改变。我衷心地希望未来有更多的年轻人继续推动中国的改革开放，继续推动中国的进步、繁荣，最终不负这个时代！

后 记

2018年，中国迎来了改革开放40周年。作为与改革开放时代共生的一代，“那三届”的人生轨迹与改革开放融为一体，是改革开放的见证者、亲历者、推动者与捍卫者。作为“改革开放的一代人”，他们用青春芳华和聪明才智书写出改革开放的伟大篇章，成为中国崛起的中坚力量。

《那三届》收集了约40位有代表性的那三届学人的稿件，书中的“那三届”多功成名就，很多都是某个领域的执牛耳者。他们能够在繁忙的工作之余，付出精力不吝赐稿，实属不易。我们作为本书主编，在此，必须感谢为本书写稿的“那三届”同仁们。

我们所在的全球化智库（CCG）的同事们为本书的出版也付出了大量辛勤的劳动。这里，要感谢于蔚蔚、李文子等同事为本书所作的联络和编辑工作。

借此机会，我们还要感谢人民出版社社长黄书元、常务副社长任超、副总编辑陈鹏鸣对本书的顺利出版所提供的积极支持。

该书的出版得到了北京东宇全球化人才发展基金会的支持。77、

78、79级那三届学子在中国改革开放四十年的历史上留下了独特的深刻印记，希望他们的人生经历与感悟能够给当下中国的年轻人以更多的启迪。

王辉耀博士　全球化智库（CCG）理事长

苗　绿博士　全球化智库（CCG）秘书长

2018年8月于北京

责任编辑：王　淼
封面设计：汪　阳
版式设计：周方亚
责任校对：刘　青

图书在版编目（CIP）数据

那三届 / 王辉耀，苗绿 编 . — 北京：人民出版社，2018.10
ISBN 978 – 7 – 01 – 019596 – 4

I. ①那…　II. ①王…　②苗…　III. ①回忆录 – 作品集 – 中国 – 当代　IV. ① I251

中国版本图书馆 CIP 数据核字（2018）第 169796 号

那三届
NA SAN JIE

王辉耀　苗　绿　编

人民出版社 出版发行
（100706　北京市东城区隆福寺街 99 号）

中煤（北京）印务有限公司印刷　新华书店经销

2018 年 10 月第 1 版　2018 年 10 月北京第 1 次印刷
开本：710 毫米 ×1000 毫米 1/16　印张：16.5
字数：211 千字

ISBN 978 – 7 – 01 – 019596 – 4　定价：49.80 元

邮购地址 100706　北京市东城区隆福寺街 99 号
人民东方图书销售中心　电话（010）65250042　65289539